GW00418114

Marguerite Duras

Les impudents

Gallimard

Marguerite Duras est née en Indochine où son père était professeur de mathématiques et sa mère institutrice. A part un bref séjour en France pendant son enfance, elle ne quitta Saigon qu'à l'âge de dix-huit ans.

A mon frère,
Jacques D.
que je n'ai pas connu.

I

Maud ouvrit la fenêtre et la rumeur de la vallée emplit la chambre. Le soleil se couchait. Il laissait à sa suite de gros nuages qui s'aggloméraient et se précipitaient comme aveuglés vers un gouffre de clarté. Le « septième » où ils logeaient semblait être à une hauteur vertigineuse. On y découvrait un paysage sonore et profond qui se prolongeait jusqu'à la traînée sombre des collines de Sèvres. Entre cet horizon lointain, bourré d'usines, de faubourgs et l'appartement ouvert en plein ciel, l'air chargé d'une fine brume ressemblait, glauque et dense, à de l'eau.

Maud resta un moment à la fenêtre, les bras étendus sur la rampe du balcon, la tête penchée dans une attitude semblable à celle d'un enfant oisif. Mais son visage était pâle et meurtri par l'ennui.

Lorsqu'elle se retourna vers la chambre et qu'elle ferma la fenêtre le bruissement de la vallée cessa brusquement comme si elle avait fermé les vannes d'une rivière.

Au fond de la salle à manger se trouvait le buffet. C'était un meuble Henri II, très banal, mais qui avait pris à la longue le rôle d'un personnage muet chez les Grant. Il avait suivi la famille et dans les assiettes ébréchées qu'il contenait, depuis plus de vingt ans, ils prenaient leur nourriture. Le désordre qui y régnait, son style, témoignaient chez eux de l'absence curieuse du moindre goût. En voyant ce buffet on comprenait que les Grant ne choisissaient ni n'achetaient jamais de meubles et qu'ils se contentaient de ceux plus ou moins beaux, plus ou moins prescrits que les hasards des héritages leur avaient attribués.

Ainsi était-ce autour de ce buffet Henri II qu'ils se retrouvaient les soirs d'arrivée, au bout de leurs voyages. Et ces soirs-là étaient toujours les plus pénibles parce qu'ils s'apercevaient qu'ils ne s'étaient pas encore quittés et que leur vieux dressoir les observait toujours comme l'image de leur désespérance.

Ce soir, sur le meuble, la traite Tavarès à l'adresse de Jacques Grant, attendait qu'on voulût bien l'ouvrir. La traite tombait souvent mal. Un mauvais jour que celui-ci puisque Jacques venait de perdre Muriel, sa femme. Elle était morte ce jour même à la suite d'un accident de voiture. Jacques pleurait dans sa chambre, délaissé par les siens : il s'agissait de Muriel que l'on connaissait peu et chacun avait, outre des raisons personnelles de ne pas l'assister, une raison commune à tous les Grant, comme une méfiance méprisante à l'égard de cette expression de sa douleur. Ainsi, Maud n'allait-elle pas chez Jacques, même pas sous le prétexte de la traite Tavarès. Il lui parut d'ailleurs que celle-ci ne tombait pas si mal; elle soulignait aigrement la fatalité de cette journée tragique et molle.

Dans la salle à manger, traînaient des affaires en désordre, jetées sur les chaises, le pardessus de son frère, son cache-nez, son chapeau. Ces choses, d'une très belle qualité, surprenaient toujours Maud parce qu'elles différaient de ses propres affaires.

Par la porte de la salle à manger, par l'étroit couloir noir et nu, parvenaient les sanglots de Jacques. Maud, sa haute taille appuyée contre la fenêtre, le visage dressé, attentivement, l'écoutait. Elle était belle ainsi et sa beauté sortait de son visage en ombres sauvages. Bien que ses yeux fussent gris, son front pâle et trop grand les assombrissait. Son visage étiré sur des pommettes saillantes était immobilisé par l'attention.

Maud ne sentait rien que son cœur qui battait pesamment. Un dégoût difficilement surmontable roulait en elle mais son corps le contenait bien, pareil à la berge solide d'un torrent. Elle écoutait les sanglots de son frère, ce vieux frère de quarante ans, de vingt ans son aîné qui sanglotait tel un enfant. Il s'était marié avec Muriel il y avait à peine un an et ce mariage constituait l'événement le plus important de sa vie car il n'avait jamais rien fait. Depuis sa majorité, donc depuis près de vingt ans, il s'était contenté, prétendait-il, d'endurer les siens.

Mme Grant-Taneran acceptait allégrement qu'il menât une existence oisive et dangereuse mais par contre elle ne lui avait jamais pardonné de s'être marié avec une femme du monde où il évoluait. Si entre eux, les querelles se vidaient rapidement, si Mme Taneran se calmait comme par enchantement lorsqu'elle voyait croître chez son fils une indignation qui témoignait chaque fois de son influence sur lui, il n'en était pas de même aujourd'hui.

Maud devinait la présence de leur mère, seule, au fond de l'appartement, réfugiée dans la cuisine : son dernier retranchement. Aucun bruit n'en arrivait, mais Maud savait que le bruit des sanglots écorchait cet apparent silence de Mme Taneran. Et depuis que ce supplice durait, depuis trois heures de l'après-midi (il était huit heures du soir) leur ravage devait être grand.

*

On sonna. La jeune fille alla ouvrir. A peine son demi-frère montra-t-il sa tête brune et anguleuse, d'une mobilité enfantine, la tête même de Taneran.

A la voix basse de Maud, au calme inaccoutumé qui régnait chez eux, il devina de quoi il s'agissait.

– Ça y est ? Laisse-les et viens avec moi. Fichons le camp.

Maud refusa. Elle alluma une petite lampe à côté d'elle et attendit.

Peu après une clef grinça et M. Taneran surgit de l'ombre du couloir. Il avait une courte moustache un peu roussie, des yeux abattus dans une figure creusée de rides aussi marquées que des cicatrices. Il était maigre et un peu voûté.

Taneran avait fait autrefois une honnête carrière dans l'enseignement des sciences naturelles au

16

lycée d'Auch. L'heure de sa retraite venue, il avait épousé Mme Grant qui habitait la même ville où son premier mari avait rempli les fonctions de receveur des Finances.

Taneran revenait du ministère de l'Instruction publique où, à soixante ans passés, il s'était vu obligé de reprendre du service afin de subvenir aux lourdes charges qui, depuis son mariage, avaient complètement absorbé sa fortune personnelle.

A vrai dire, son entourage s'accommodait facilement de son sacrifice. Il faut ajouter que depuis qu'il travaillait, Taneran échappait un peu à la tyrannie des siens et s'en trouvait bien aise. Il ne s'était jamais accoutumé en effet aux contraintes inévitables qu'implique la vie de famille et il vivait d'autre part dans la crainte constante de son beau-fils, Jacques Grant. S'il n'avait pas hésité à épouser Mme Taneran bien qu'elle eût déjà deux enfants, c'est qu'il avait jugé vraisemblable que l'aîné ne tarderait pas à se tirer d'affaire par ses propres moyens.

Il avait eu un fils, Henri, et, s'il lui vouait une secrète et grande tendresse, il avait été très vite obligé de se faire à l'idée qu'il n'était nullement payé de retour.

Ainsi Taneran vivait en apparence dans une grande solitude.

En rentrant dans l'appartement, il comprit lui aussi, qu'il se passait quelque chose d'anormal et alla vers sa belle-fille dans l'espoir qu'elle le tirerait d'embarras.

— Si vous le voulez, je vais vous servir tout de suite, se contenta de dire Maud.

17

Au même moment Mme Taneran cria d'une voix faible et enrouée :

— Maud, tu serviras le dîner de ton père, c'est prêt.

La jeune fille s'empressa de dérouler une toile cirée, mit un couvert et alla dans la cuisine.

Sa mère avait fini par allumer la lampe et lisait le journal. Sans lever la tête, elle répéta d'un ton morne :

— Tout est prêt, tu mangeras avec ton père et si ton frère revient, tu le serviras lui aussi.

Maud n'avoua pas que son frère ne rentrerait certainement pas de la nuit.

Le dîner fut rapide. Taneran ne demandait qu'à se retirer chez lui. Cependant il la questionna à voix basse.

— Elle est morte, n'est-ce pas ?

Maud hocha la tête et il ajouta :

— Tu sais que je ne lui veux aucun mal, au fond. C'est très regrettable.

Il mastiquait ses aliments et, dans le silence de l'appartement, cela faisait un bruit insolite et irritant. Avant de sortir il se retourna :

— Je ne veux pas déranger ta mère, tu lui souhaiteras le bonsoir de ma part.

Le mur de sa chambre était mitoyen de celui de la salle à manger. Maud put l'entendre marcher longtemps. Sous ses pas le plancher sans tapis craquait et grinçait doucement.

*

Maud se sentait tranquille. Depuis trop longtemps le drame couvait, depuis que Jacques et sa
femme avaient commencé à manquer d'argent.

Elle ne se rappelait pas avoir vu Jacques autrement que dans la gêne sauf pendant les premiers
mois de son mariage. Il avait toujours besoin
d'argent. Voilà de beaucoup ce qui importait le
plus dans sa vie. Il se trouvait au centre d'un
tourbillon, d'un vertige d'argent.

Lorsqu'il en avait, il devenait un autre homme.
Il possédait à un point si aigu le sens de son
inanité, qu'il le dépensait bêtement, le jetait par les
fenêtres, s'illusionnait en quelques jours de quoi
pouvoir tenir un mois. Il se renippait, invitait tous
ses amis et, dans le magnifique dédain que lui
permettait son opulence provisoire, il ne paraissait
plus chez lui de toute une semaine, dans cette
famille qui savait faire durer l'argent d'une façon si
honteuse, si sordide, comme d'autres ménagent
leurs forces, leur plaisir, comme un domestique
asservi ménage ses maîtres.

Lorsqu'il ne lui restait plus que quelques billets
et quelques pièces dans la poche de son pantalon, il
en mesurait amèrement les maigres possibilités.
Alors il partait en chasse, essayait de placer « la
bagnole » d'un copain et, n'y réussissant pas,
jouait, se mettait à sac en un instant. Enfin, rendu
et sauvage, il s'en remettait à un des comparses de
l'équipe qui battait les mêmes pistes que lui depuis
des années et connaissait les « combines ». (Peut-
être étaient-ce les seules gens qui éprouvassent
pour lui une certaine sympathie tandis que, lui, les

détestait, parce qu'ils l'avaient vu aux moments les plus inavouables de sa vie.)

L'argent de sa femme avait fondu aussi rapidement que les gains réalisés par d'incertaines opérations. Pendant plusieurs mois le couple avait pu mener une existence que l'on nomme futile parce qu'elle ne rime à rien, mais qu'en réalité il est fort malaisé de vivre : existence oisive parfaitement égoïste, même lorsqu'elle présente les apparences de la générosité, et qui consiste en une succession ininterrompue de plaisirs et de repos, en un continuel exorcisme de l'ennui.

Muriel, qui avait confié sa fortune à Jacques, avait toujours ignoré comment il l'employait. Elle « détestait les comptes, elle qui n'en faisait jamais ». Lui, s'était bientôt démené comme un forcené pour couvrir les dépenses qu'il s'était personnellement permises.

Bientôt il s'était mis à quémander. Le peu que l'on pouvait lui donner était devenu appréciable, ces temps derniers.

— Je sais que tu ne peux pas m'avancer beaucoup, mais fais ce que tu pourras. Un billet de cent francs me suffira. Il faut que je tienne.

— Je croyais ta femme riche, ripostait sa mère. Tu trouves que je n'ai pas assez de charges?

Il ne répondait rien pour ne pas gâter ses affaires, car il devinait que ses difficultés iraient croissant. Et effectivement Mme Taneran avait lâché de moins en moins d'argent, au moment même où les besoins de son fils n'avaient cessé d'augmenter. Ces billets obtenus à force de serments, de supplications, représentaient de plus en plus pour Muriel le nécessaire : des bas, (« elle n'a plus rien à se mettre »), le loyer, ou de quoi dégager un bijou qu'elle tient « de famille ». Enfin, il avait fini par ne plus arguer de rien pour justifier ses demandes. Il fallait manger. Et il tourna encore ça de jolie façon.

— Elle fait la cuisine, la pauvre, et fort bien! Si tu pouvais la goûter. Quand nous serons en fonds tu viendras, dis, maman?

— Et moi, je ne la fais pas la cuisine? Tu ne l'aimais pas, ma cuisine? dis-le un peu...

Elle le détestait parce que l'amour a des bas-fonds pleins de haine. En définitive, elle n'était pas mécontente de sa mésaventure amoureuse.

Il n'avait pas tardé à faire de grandes scènes pathétiques. Allongé comme un malade, il attendait que l'on vînt lui demander ce qu'il avait.

— Rien, je n'ai rien, je ne rentrerai pas sans rien ce soir. Elle doit m'attendre, mais je préfère ne plus la voir, disparaître.

Son équipe délaissée depuis plusieurs mois lui avait fait défaut.

Alors, obéissant à une solidarité suprême, son frère, sa sœur, son beau-père, chacun cherchait, grattait le fond de son sac ou de sa poche, tous, Maud, Henri, Taneran lui-même. On lui remettait en cachette 20, 30, 50 francs, avec une joie fiévreuse. Lui, cependant, prenait plaisir à les dépiter.

— Maman a marché?

— Non, elle ne veut plus rien entendre.

De la sorte, imperturbable autant qu'adroite, Mme Taneran avait dirigé sa barque et gouverné la destinée de son fils. Vite dégoûté de son foyer, il était revenu dîner de plus en plus souvent à la maison. Elle ne lui donnait jamais trop d'argent d'un coup pour qu'il n'eût pas l'impression de la mener à sa guise, mais toujours assez cependant, pour qu'il pût tenir quant à l'essentiel, et pour qu'il revînt.

Soudain, pourtant, il avait disparu pour une quinzaine de jours. On avait supposé qu'il avait réussi une affaire quelconque.

Et c'était peu après qu'avait commencé l'ère des lettres à en-tête de la banque Tavarès. Elles arrivaient régulièrement toutes les quatre semaines. Ces lettres qui laissaient Jacques indifférent au début, lorsqu'il avait encore de l'argent, l'avaient jeté bientôt dans un désarroi terrible.

Celui qui n'a pas souffert de se sentir à la merci de ses créanciers, ne peut comprendre le dégoût mortel que lui inspiraient ces gens avides. Toute sa famille souffrit avec Jacques de voir arriver les traites de la banque Tavarès. Lui qui, d'habitude, recevait son courrier chez sa femme, se fit adresser celles-ci chez sa mère.

— Tu verras sur le buffet, il y a une lettre pour toi, je crois que c'est la traite Tavarès.

Il l'enfouissait dans sa poche, la froissait et on eût dit que pendant une heure il digérait littéralement ce morceau de papier. Il s'abîmait alors dans une songerie écœurée dans laquelle on devinait que le personnage de Tavarès prenait l'aspect d'une figure de massacre.

Puis, Jacques, pendant un certain temps, ne vint plus chercher ses lettres et crut ainsi en supprimer l'existence. Mais il s'était trouvé rapidement si démuni qu'il avait dû consentir à reparaître. Sa mère aussitôt l'avait entrepris.

— Me diras-tu ce que tu as pu faire, Jacques? A la mort de ton père j'ai été obligée d'emprunter et je sais ce qu'il en coûte.

La seule chose qu'il avait daigné répondre avait été :

— Une dette, de petites échéances, mais fréquentes; dans ma situation, je n'aurais jamais pu payer une grosse somme d'un coup.

— Pourquoi ces cachotteries, pourquoi ne pas le dire à ta femme?

Mme Taneran eût souhaité que sa belle-fille, à son tour, connût le martyre d'être endettée. Mais Jacques n'avait mêlé sa femme à aucune question d'argent, et pour cause. De même, il n'avait jamais voulu qu'elle connût sa famille, parce qu'il le dégoûtait. Elle était morte sans être venue une seule fois.

Sans doute, Jacques l'avait-il aimée plus que les autres, d'une façon plus durable aussi, plus sincère. Muriel, avait conservé longtemps aux yeux de Jacques l'attrait symbolique qu'elle avait au début de leurs relations.

Le drame éclatait ce soir, brutal, inespéré. Sans doute allait-il dénouer un imbroglio devenu inextricable et en faciliter singulièrement la liquidation. Au fond, chacun avait attendu cette conclusion depuis des mois que durait le supplice de Jacques et de sa mère.

*

Vers dix heures du soir, Maud s'entendit appeler par son frère aîné.

A son approche, Jacques releva un visage tuméfié puis se renfonça dans son oreiller comme s'il se fût retrouvé là comme au sein de sa tristesse. Sa souffrance l'absorbait autant qu'elle le prostrait. Il s'étonnait sans doute qu'on pût y vivre encore.

Elle s'assit près de lui et, entr'ouvrant ses doigts crispés, elle s'empara d'une mèche de cheveux qu'il tenait serrée. Aussitôt, il s'affaissa, se détendit et gémit dans un abandon total.

— C'est vrai qu'elle était blonde, dit Maud. Ses cheveux sont lisses et fins, on dirait des cheveux d'enfant.

Il sourit faiblement, d'un sourire presque complice, pour lui laisser entendre qu'elle saisissait parfaitement le sens de sa pensée. Il s'écartait un peu de sa douleur et souriait au souvenir de Muriel.

Elle lui expliqua longuement qu'il ne fallait sans doute pas considérer cette mort comme un événement insolite. Chose extraordinaire, au fur et à mesure qu'elle parlait, une voix intérieure répétait ses propres paroles chargées d'un sens différent de celui qu'elle eût voulu leur donner.

Lui n'aspirait qu'à rappeler le souvenir de la morte. Il peignit cette nuit affreuse où on l'avait ramenée, la poitrine défoncée.

— Les copains qui étaient avec elle me l'ont rapportée, dit-il. Ils me l'ont laissée parce qu'ils la croyaient fichue. Mais si elle avait perdu connaissance, elle respirait encore et je l'ai gardée toute la nuit avant de l'emmener à l'hôpital.

Il s'arrêtait de temps en temps et reprenait d'un air absorbé :

— Elle n'avait aucune blessure, je croyais à un évanouissement. Je l'ai mise sous des couvertures, mais peu à peu elle se glaçait et je sentais sa chaleur s'en aller. J'ai cru devenir fou à un certain moment. Elle riait, je te le jure, de la même façon que lorsqu'elle se moquait de moi. Je me suis mis à lui parler bêtement toute la nuit... Ce n'est qu'au petit jour que j'ai compris, lorsque je l'ai regardée à la lumière. J'ai vu la grimace que j'avais prise pour son sourire. Je l'ai emmenée à l'hôpital, elle est morte ce soir seulement.

— Qu'est-ce que tu crois?... demanda Maud.

— Je ne sais rien, rien. Elle me disait qu'elle n'avait jamais été aussi heureuse. Il n'y a aucune raison pour qu'il s'agisse d'un accident. L'avenue était libre et il ne pleuvait pas. Les copains eux-mêmes doutent. Je ne lui ai jamais fait la moindre peine, pourtant. La seule, la seule que j'aie jamais aimée.

Il répétait cette dernière phrase volontiers. Dès qu'il se secouait et cessait de s'absorber dans une intime contemplation de son chagrin, il recommençait de pleurer.

— La seule, rabâchait-il, la seule que j'aie jamais aimée.

Tout à coup Maud ne trouva plus de raison à sa présence dans une chambre où elle n'entrait jamais d'ordinaire. Cette minute d'intimité avec son frère l'humiliait autant qu'une concession qu'elle eût faite à un ennemi.

Elle se leva. Il la rappela faiblement. Elle ne s'illusionna pas une seconde sur le ton charmeur, presque féminin, qu'il venait d'adopter.

Gêné, d'ailleurs, il ne savait comment s'expliquer...

— Je t'ai appelée, je n'ai plus le sou... J'ai

emprunté pour la faire mieux soigner. Et à maman, tu comprends, je ne peux pas lui demander ça...

Maud le regarda avec ses grands yeux lucides, la figure vidée de toute expression. Elle pensa à la lettre Tavarès qui attendait sur le buffet.

Ils lui avaient déjà tellement donné d'argent! Ne soutirait-il pas habilement, toujours, un bénéfice quelconque de l'émotion qu'il provoquait? Depuis une minute, il jouait de son malheur.

Cependant, elle hésita à sortir. C'était tellement étonnant de le voir s'abaisser à ce point pour obtenir quatre sous. Et puis, elle pouvait se tromper. Jacques lui-même qui paraissait si pitoyable, restait sans doute convaincu de sa propre sincérité.

Retrouvant son sang-froid, elle pesa le pour et le contre, rapidement, comme quelqu'un qui a l'habitude de telles affaires.

Déjà, le regard de Jacques devenait fixe et froid parce qu'elle était lente à répondre.

– Combien veux-tu?

Il fixa la somme d'une petite voix humble. Il se crut obligé d'ajouter, les yeux brillants, autant de pleurs que de convoitise :

– J'ai marché toute la journée pour trouver du fric. Impossible de mettre la main sur un copain. C'est ridicule, pour une somme pareille, ridicule.

Maud ne répondit pas. Elle prit son sac, compta le peu d'argent qu'elle avait et affirma :

– Tu auras le reste demain.

Elle ne le regarda pas, gênée. Elle ne lui tendit pas les billets, mais les posa sur sa poitrine.

Jacques enterra sa femme le lendemain. Mme Taneran l'accompagna. Ils se sentirent tout à coup réconciliés au retour de cette morne cérémonie. Dans la fraîcheur matinale, la sève faisait craquer les bourgeons, et l'air qui soufflait par bouffées sentait déjà le macadam chaud et la poussière. Ce parfum piquait le nez et guérissait tout à fait de l'hiver. L'été s'annonçait, précoce. Jacques et sa mère parlèrent de partir pour Uderan.

– Ça te remettra mon chéri, et moi, de mon côté, je surveillerai de plus près mes intérêts. D'ailleurs, nous n'y sommes pas allés depuis si longtemps...

Jacques ne disait rien. Il goûtait déjà ses forces renaissantes. Depuis ses maladies d'enfant, il n'avait plus jamais apprécié la douceur d'une convalescence et appréhendait presque le moment où s'imposerait à lui une nature insatiable. Pour l'instant, il se laissait glisser avec bonheur sur la pente facile du boulevard ensoleillé qu'il descendait au bras de sa mère. Il aurait dû être triste, mais en fait ne l'était pas, quoiqu'il ne répugnât pas à se faire consoler et que son air contracté, sa voix sourde et pâteuse exprimassent une pudeur qu'il croyait décent de conserver quelque temps encore. Comme il restait silencieux, sa mère ajouta :

– Quant à Taneran, il s'arrangera bien sans nous, car, évidemment il ne voudra pas venir, comme toujours. (Lorsqu'elle parlait de son mari à son fils aîné, elle disait « Taneran ».)

Uderan se trouvait en Dordogne. Ils s'y étaient fixés après leur mariage. Henri y était né. Si l'achat de cette propriété s'était vite révélé être un mauvais calcul, ils y étaient demeurés cependant pendant sept ans, et n'avaient jamais songé à la vendre. Lorsqu'ils s'étaient installés à Paris, malgré l'insignifiance de ses métayages, ils l'avaient gardée.

Mme Taneran restait maintenant la seule qui en rappelât quelquefois l'existence lorsqu'elle redoutait l'avenir assombri par les événement politiques.

« Heureusement nous avons Uderan! Heureux ceux qui possèdent de la terre! » proclamait-elle sentencieusement.

Après leur départ d'Auch, ils y avaient vécu de longues années difficiles, cantonnés dans quelques pièces de la maison trop grande.

Pendant sept ans, ils se dévouèrent à relever le domaine. Mais Uderan avait appartenu à toute une série de gens qui, n'étant pas de la région, s'entendaient mal à le cultiver et son délabrement était profond. Les fruitiers, mal taillés depuis longtemps, les vignes, trop vieilles, produisaient de moins en moins de fruits. Seul, les prés n'avaient pas trop souffert, qui nourrissaient les six vaches du métayer, tandis que les bois qui cernaient le domaine, qu'on négligeait de couper depuis des années, étaient assez touffus.

Mme Taneran ne tarda pas à être rebutée, et du jour au lendemain, son ardeur à la tâche s'évanouit. Elle se défaisait ainsi tout à coup des choses comme des êtres après les avoir violemment aimés, incapable de s'attacher profondément au même objet. Son ardeur, qui finissait en général par triompher de toutes les résistances, échoua lorsqu'elle s'attaqua à Uderan. Toutes ses tentatives furent vaines. Les paysans se moquaient de ses efforts désespérés et elle repartit, laissant la propriété à Dedde, le métayer. Ce gardien parvenait sans doute à vivre de la terre. Mais Mme Taneran ne touchait jamais aucune redevance et se jugeait heureuse finalement qu'Uderan ne lui coutât rien.

S'il lui prit par ce matin de mai l'envie d'y revenir, ce fut parce qu'elle éprouvait le besoin de se remettre de cette triste histoire. Uderan représentait en effet pour les Grant-Taneran une sorte de haut lieu dont le souvenir les hantait. Ils y avaient, croyaient-ils, durement vécu et souffert, mais ne pouvaient se rappeler sans regret la vie qu'ils y menaient avant de vivre, à Paris, une triste existence où chacun n'était que le témoin des faiblesses et des échecs des autres.

Lorsque Mme Taneran proposa à son fils de partir pour Uderan il ne répondit pas, et elle comprit qu'il l'approuvait. Il était rare qu'elle l'eût ainsi à sa portée, attentif à ses paroles, à la fois soumis et charmant. D'ordinaire, ne fuyait-il pas la maison dès son réveil? Seule la table commune bi-quotidienne, réunissait les Grant-Taneran, autour de laquelle ils se détestaient encore et dévoraient en se surveillant... Cependant la présence de son fils ne comblait pas cette mère de bonheur, car elle ne parvenait pas à oublier la pauvre fille qu'on venait d'enterrer. Bien qu'elle ne fût en aucun cas responsable de ce malheur, elle ne réussissait pas à être calme.

De temps à autre, elle regardait son fils, qui était grand et beau, d'une beauté déroutante chez un homme. Que n'avait-elle pas à espérer du charme de son enfant? Elle retrouvait en lui l'espérance exaltée qui l'avait soulevée lors de sa naissance. Déçue une première fois, ses autres maternités, plus tardives, avaient été moins glorieuses que celle-là.

Jacques aurait bientôt quarante ans... Elle consentait toujours à ses fantaisies et il lui revenait après chaque expérience, chaque fredaine. Son lot c'était de le recevoir quand il lui prenait envie d'accourir et elle ne demandait rien d'autre que de le soigner comme un riche bourgeois. Si elle essayait de lui suggérer un conseil concernant son avenir, il lui opposait sa violence habituelle, la menaçait de partir. Voici qu'il arrivait maintenant à l'âge mûr et qu'elle assistait à son déclin... Et elle se trouvait avoir des torts si graves quant à son fils, qu'elle préférait, elle aussi, ne pas trop y penser. Pourquoi, par exemple, n'avait-elle pas su le prévenir du jeu dangereux qui l'avait amené à cette aventure dont l'issue aurait pu être désastreuse, car enfin, elle n'était pas sûre que Muriel ne se fût pas tuée?

Mme Taneran récapitula ainsi le drame, puis sa pensée coula naturellement vers Maud, cette petite qui était encore sienne. N'était-ce pas elle qui avait donné de l'argent à son frère? Il eût fallu savoir comment elle se l'était procuré; mais chaque démarche lui était pénible quand il s'agissait de Maud et elle préféra s'avouer incapable de se faire écouter d'aucun de ses enfants. Sans elle cependant, la famille n'eût pas existé; chacun y aurait fui les autres sans retour, elle le savait. Mère de ce vieux fils, de cette fille ingrate et certainement méchante, de ce jeune garçon pervers, femme de cet homme qui ne s'en allait pas, à cause, croyait-elle, de la bonne table et parce qu'il avait réussi à se construire sur ce sol mouvant une citadelle d'indifférence, elle se devait à tous. Pendant un instant elle souhaita d'être une vieille femme paisible dont la tâche serait terminée et à qui il serait facile de mourir ou de vivre comme elle l'entendrait. Elle rêvait d'une vie tranquille depuis quelque temps. Pourquoi gardait-elle ses enfants auprès d'elle, son fils aîné surtout? Pourquoi le maintenait-elle étroitement en tutelle? Pourquoi l'habituait-elle à ne pouvoir se passer de sa présence, ce qui prolongeait anormalement sa maternité? Oui, elle aurait dû se détacher de Jacques au plus vite. Parfois, cette pensée la traversait comme un éclair, et elle en était effrayée... Il fallait se méfier des enfants qui vous pillent corps et biens... La fin de cette servitude, maintenant, il semblait qu'elle ne pût même pas l'envisager...

La lassitude tomba sur elle, brutalement. Le boulevard ensoleillé continuait à l'inviter, à goûter la joie d'un matin de mai, mais elle se sentit tout à coup à bout de forces.

— Prenons un taxi, cria-t-elle.

Mais dès qu'ils furent installés dans la voiture, dès qu'il la regarda d'un air étonné et réprobateur, elle rentra dans son personnage, docilement.

Souvent Maud pensait qu'elle ne reviendrait plus chez elle. Pourtant, chaque soir la ramenait. Son attitude pourrait paraître étrange, mais c'était aussi celle de ses frères, celle de son beau-père, qui, malgré eux, ne manquaient jamais de reparaître chaque soir, et depuis si longtemps! Transportés au bout du monde, ils seraient revenus un jour ou l'autre, tant restait grand pour eux l'attrait du cercle étroit de famille, où rien, pas même l'oisiveté, ne pouvait diminuer l'intérêt qu'ils se portaient mutuellement. A vrai dire, ils avaient beau répéter à tout propos qu'ils allaient partir, aucun n'y songeait sérieusement.

Si rares qu'elles fussent, il y avait tout de même de bonnes heures chez les Grant-Taneran. La paix s'y créait d'elle-même comme une accalmie. Leurs étranges inimitiés eussent été moins saisissantes si elles n'avaient alterné avec des moments de répit pendant lesquels ils reprenaient haleine.

Tout de suite après le dîner, la famille se dispersait.

Taneran rentrait chez lui où il savourait ses seuls

moments de vrai bonheur. Ailleurs, dans une calme chambre d'hôtel où il n'aurait pas été plus seul, il se fût ennuyé, car la rumeur que faisaient les Grant lui était devenue nécessaire : Maud toussotait à travers la muraille en attendant le départ de ses frères... Sa femme, elle, s'agitait au hasard, allait et venait d'un pas sec, créant autour d'elle une atmosphère d'inconscience enfantine... Taneran l'aimait toujours et depuis longtemps déjà. Depuis leur séjour à Uderan, il espérait qu'elle réapparaîtrait un soir et lui parlerait avec douceur; mais depuis qu'ils ne partageaient plus la même chambre, elle ne venait plus. Mme Taneran avait beau être vieillie et usée, n'ayant jamais ménagé ses efforts, Taneran persistait à l'attendre et ne pouvait se détacher de l'espoir qu'un jour elle délaisserait son travail et viendrait...

Taneran guettait le départ des deux frères.

Lorsque Jacques Grant partait, il demandait d'un ton prévenant qui aurait dû flatter son cadet : « De quel côté vas-tu? » La voix de Jacques Grant humiliait Taneran et l'eût fait bondir hors de sa chambre s'il en avait eu le courage. (Il mentait lorsqu'il prétendait que son beau-fils le laissait indifférent.) D'ailleurs, le petit acceptait rarement de partir avec son aîné. Encore une satisfaction pour le père qui n'ignorait pas cependant que, peu après, son fils s'en irait à son tour en fermant la porte derrière lui, avec une délicatesse féline. Depuis deux ans, Henri sortait le soir et courait, lui aussi...

Parfois, avant de s'en aller, il frappait à la porte de son père et Maud devinait de quoi il s'agissait. Il fallait être au plus bas, avoir essuyé un refus de la part de la mère pour demander de l'argent à Taneran. (« Va demander à ton père, ce vieux radin! ») Celui-ci cependant trouvait doux de s'entendre ainsi solliciter, mais, pressentant le danger qu'il y aurait eu à dévoiler à son fils qu'il était si désireux de l'aider, il ne montrait rien de son plaisir. Lorsque l'autre dévalait quatre à quatre l'escalier il croyait naïvement que c'était la joie d'avoir ses cent francs en poche qui émoustillait de la sorte le jeune homme.

Quand on disait de l'un des fils : « Il est chez Taneran; il est en train de demander quelque chose à Taneran », chacun avait conscience qu'un drame se jouait, muet, plus terrible qu'une scène violente, parce qu'on ne trouvait aucun adversaire en la personne de Taneran et que rien ne pouvait plus ajouter à sa déconsidération. La seule chose qui pouvait abaisser les Grant à leurs propres yeux, c'était cette démarche ultime auprès de leur victime. Le manque d'argent pouvait seul la justifier.

Maud supportait mal ces scènes qui revenaient pourtant assez fréquemment. Très jeune encore, elle participait à la vie de tous, souffrait pour Henri et n'avait pu assister passivement au malheur de Jacques. De même, lorsque sa mère s'inquiétait, à l'aurore, de ne pas voir rentrer l'un ou l'autre de ses fils, la petite se levait et tremblait de la même angoisse.

Lorsque Henri partait à son tour, le deuxième claquement de porte laissait l'appartement dans un silence que dissipait bientôt l'activité bruyante de Mme Taneran.

Maud restait seule dans le petit salon et songeait.

A son âge, chaque saison lui apportait quelque chose de nouveau. Ainsi, depuis près d'un an, Henri ne l'emmenait plus quand il sortait, et un malaise régnait entre eux, inexplicable pour elle. De plus, depuis la mort de sa belle-sœur, chacun se fuyait et elle-même ne recherchait aucune compagnie. Il semblait qu'on eût attendu depuis longtemps qu'un événement mît fin à l'ascendant que Jacques exerçait sur la famille. On était déçu. Jacques recommençait de sortir et de reprendre le gouvernement de la maison dont la mort de sa femme l'avait un moment dispensé. Depuis cet événement, au contraire, il devenait de plus en plus difficile, supportant à peine la présence de Taneran à table. S'il sortait autant qu'autrefois, il ne voulait pas qu'il fût dit qu'il souffrait moins pour cela. Aussi feignait-il une exaspération destinée à simuler la douleur.

On eût dit qu'il se sentait responsable de la famille et que la charge qu'il assumait lui donnait des droits exorbitants. Mme Taneran l'entretenait d'ailleurs dans cette croyance afin de le retenir auprès d'elle.

— Tu es l'aîné, lui répétait-elle; si je meurs, il te faudra marier ta sœur, t'occuper d'Henri. Je ne compte pas sur Taneran. Toi tu connais bien les petits et tu sauras les tenir, je le sais.

Si Jacques ne s'était pas cru utile aux siens, peut-être n'aurait-il pas supporté l'inanité parfaite de l'existence qu'il menait depuis vingt ans.

De temps en temps, Taneran se hasardait hors de sa chambre après la sortie des jeunes gens. Le prochain départ pour Uderan lui fournissait à ce moment un prétexte à s'entretenir avec sa femme de leurs intérêts et il trouvait doux que Mme Taneran vînt le rejoindre chaque soir dans le petit salon.

Les deux femmes laissaient Taneran parler à son aise, d'une voix qui finissait toujours par les fatiguer, précisément parce qu'elle ne se délivrait jamais de sa nervosité maladive.

Sachant le sujet cher à sa femme, il répétait une fois de plus que « Jacques devrait s'établir à Uderan au lieu de traîner misère à Paris ». Mais, hélas! on peut rêver longtemps d'une chose et être déçu lorsque se présente l'occasion de la réaliser, parce qu'elle est toujours moins brillante que ne l'était votre espérance. Mme Taneran hésitait à suggérer à son fils de reprendre leur propriété parce qu'elle espérait depuis longtemps qu'il y reviendrait de lui-même, à un moment quelconque de sa vie.

Mais voici qu'encore une fois son humeur aventureuse l'emportait; il faudrait pour le convaincre de se ranger, affronter son effroyable mauvaise humeur. Or, Mme Taneran adorait et redoutait à la fois son fils aîné. Aussi eût-elle préféré ne pas écouter son mari.

Mais celui-ci, augurant bien de son mutisme, insistait encore plus!

— Après il sera trop tard pour lui. Et quant aux autres, n'en parlons pas!... Vous constatez vous-même, ma chère Marie, que depuis que notre fils a quitté le collège, il ne fait rien. Si on ne l'arrête pas à temps il suivra la même voie que son frère aîné.

Et je dirai que pour Maud c'est également fâcheux, vous le savez bien...

Il croyait atténuer la cruauté de ses propos en enduisant ses phrases d'un vernis verbeux. Depuis longtemps d'ailleurs il parlait ainsi pour confondre les Grant qui, eux, parlaient très vulgairement, justement parce qu'ils détestaient Taneran. C'était aussi, d'ailleurs, parce qu'ils s'adaptaient au vocabulaire de Jacques qui variait sans cesse et s'enrichissait de nouvelles expressions selon le milieu qu'il fréquentait. Ainsi depuis qu'il connaissait sa femme et bien qu'elle fût morte, il affectait en parlant une forme méprisante, très féminine, du raffinement.

Lorsqu'elle était mise en cause, la petite ricanait en fermant à demi les yeux et en haussant les épaules, la tête en arrière, d'un air de moquerie impitoyable, prenant déjà inconsciemment un plaisir féminin à confondre un homme par l'incohérence de son mystère.

– Tu peux rire! Qui ne s'inquiéterait de te voir aussi libre? Il n'y a que cette famille pour faire preuve à l'égard d'une enfant d'une pareille indifférence.

Mme Taneran prenait la mouche. Elle entendait élever sa fille comme il lui plaisait. N'avait-elle pas agi ainsi avec Henri et évité le pire avec un enfant tel que Jacques?

– En voilà assez avec la petite! Quant à Jacques, je verrai sur place, je ne le laisserai à Uderan s'il doit s'y ennuyer. Après cette histoire, soyons prudents. Il faut craindre le pire.

Le pire, tantôt insignifiant, tantôt objet d'épouvante, selon qu'on l'évoquait dans la détresse ou dans un calme relatif. Il apparaissait quelquefois dans le train quotidien de l'existence sous l'aspect défini et toujours décevant d'un crime, d'un suicide, d'un vol important. Il existait hors de la maison, telle une maladie épidémique qui rôde dans la ville, mais ne vous a pas encore atteints. Et on se contentait dans la vie d'éviter le pire...

– Que veux-tu qu'il lui arrive à Uderan, même s'il s'y ennuie, maman?

La mère fixait la nuit, relevait des présages.

– Tu es trop jeune encore, tais-toi.

Elle préférait ne rien formuler tant elle se sentait troublée par cette peur superstitieuse qui ajoute à la passion comme un halo d'ombre. Taneran, dépité, la tête aussi basse et flétrie que celle d'un mort que l'on aurait assis, se tenait coi dans son fauteuil. Alors sa femme lui offrait une tasse de tilleul en guise de consolation. Cela leur rappelait bien des choses à tous, surtout à Maud. Toute petite, à Uderan, ses frères se déchargeaient de cette corvée lorsque Taneran était enrhumé. Il fallait que Mme Taneran fût bien fâchée contre son mari pour lui refuser cette petite joie qui est de celles qu'on accorderait à n'importe qui, au premier venu. Maud craignait toujours de traverser la maison. Souvent, la tasse arrivait à moitié vide dans la soucoupe inondée; mais Taneran reversait le liquide dans la tasse et le buvait en aspirant bruyamment. Maud, assise sur un tabouret, attendait qu'il eût fini. Tout en buvant, il se posait à lui-même des questions qui le rendaient si malheureux, que sa voix pleurait.

– Je me demande ce qu'on est venu faire dans cette propriété de malheur. Je me trouvais malheureux à Auch dans ce sale collège, mais là au moins j'étais considéré; tandis qu'ici...

C'était le moment où sa femme ne s'occupait déjà plus de lui, toute absorbée par les travaux de la métairie, passionnée de ses enfants.

Il questionnait Maud, afin de la retenir près de lui, sur un ton acerbe et complice.

— Tu as eu peur en venant, hein? Tu te plais ici?

Oui, Maud s'y plaisait. La preuve que Taneran n'était pas des leurs, c'est qu'il s'y déplaisait. Pour elle, leur séjour à Uderan n'avait pas de commencement et semblait ne pas avoir de fin. Quant à Auch, elle s'en souvenait à peine.

— Que font-ils dans la cuisine? Tu leur diras qu'ils me dégoûtent, tu entends?

Elle refusait de répondre à Taneran. Celui-ci lui rendait enfin la tasse : elle s'enfuyait à toutes jambes jusque devant la porte de la cuisine où sa peur s'évanouissait. Alors, elle s'asseyait près d'Henri auprès du feu, silencieusement.

Elle aimait Taneran de cette façon, de même que l'on s'attache à des objets inanimés parce qu'ils vous rappellent certaines choses et qu'ils font que le passé ne vous quitte jamais tout à fait. La terreur qu'elle éprouvait dans les couloirs d'Uderan se reflétait dans les yeux chassieux et égarés de Taneran, lorsqu'elle y repensait. Son premier dégoût d'un être datait de ces soirées-là; il avait l'odeur du tilleul et se confondait avec ce bruit d'aspiration. Les mots qu'elle seule savait que Taneran prononçait quelquefois : « Qu'est-ce qu'ils trafiquent dans la cuisine? Tu leur diras

40

qu'ils me dégoûtent », renfermaient un poison rare : la poltronnerie d'un homme, sa misère.

Quand par hasard Jacques rentrait plus tôt que d'habitude, avant que les trois comparses fussent couchés, il s'indignait. Jacques Grant ignorait en effet que sa mère s'entretenait, le soir, avec son mari et sa fille. Comme depuis la mort de sa femme il rentrait plus tôt, il s'en exaspérait, d'autant plus qu'il se doutait qu'on parlait dans le petit cercle plus librement que devant lui.

Il entr'ouvrait la porte du petit salon, et son sourire était amer. Cependant il déclarait calmement à Taneran :

— Tiens, vous êtes là, vous?

Maud ne bougeait pas.

Un journal que jetait négligemment son beau-fils atterrissait aux pieds de Taneran.

— Tenez, si vous la voulez, c'est la dernière de *Paris-Soir;* ça vous distraira puisque vous vous ennuyez.

La porte se refermait. Dans la chambre voisine on entendait siffler avec justesse un air à la mode. Taneran debout, regardait le journal à ses pieds. Avant de sortir, cependant, il disait une insanité à sa femme, profitant du fait qu'elle ne pourrait plus se défendre, dans la crainte où elle se trouvait d'être entendue par son fils.

— Ma chère amie, je vous plains; les incorrections de votre fils à mon égard me laissent indifférent. Mais, pour vous c'est un commencement; vous vous êtes forgé votre malheur de toutes pièces, et vous continuez.

Puis il rentrait chez lui, hautain et misérable. Alors Maud à son tour se faufilait dans sa chambre sans avoir dit un mot. Elle se dévêtait dans le noir, vite et sans bruit, afin que son existence oubliée, aussi insignifiante qu'une épave en pleine mer, ne fût rappelée à personne. Une sorte de rage aveugle la jetait sur son petit lit qu'elle saisissait à deux bras. Mais bientôt ça passait, ça fondait comme la peur à Uderan qui lui semblait inconcevable lorsque le jour revenait.

II

Le domaine d'Uderan se trouvait dans le sud-ouest du Lot, dans la partie âpre et dépeuplée du Haut Quercy, aux confins de la Dorgogne et du Lot-et-Garonne.

Les deux villages de Semoic et du Pardal s'en partageaient la dépendance administrative et religieuse; deux communes vigneronnes et fruitières, l'une perchée dans les pinèdes des plateaux, l'autre à fleur d'eau, sur le Dior. S'il relevait de la commune de Semoic, à la Fête-Dieu, c'était le curé du Pardal qui venait le bénir.

Il occupait un des versants les mieux situés de ce pays cahotique, un des plus élevés, après celui d'Ostel. Le château fort d'Ostel datait du treizième siècle; il dominait la région à cinquante kilomètres à la ronde et restait l'une des plus puissantes seigneuries du Haut Quercy.

Peu de citadins émigraient jusque-là aux vacances, mais il s'en trouvait quelques-uns qui y possédaient des domaines de famille. C'était en raison du prix peu élevé de la terre que Taneran avait pu s'y installer.

Les vignes, cultivées depuis des siècles dans cette

région, n'y possédaient plus leur réputation d'autrefois, sauf parmi la population qui mettait orgueilleusement ses crus avant tous ceux, pourtant fameusement célèbres, des départements voisins.

*

Les Taneran ne purent se loger dans leur maison abandonnée depuis dix ans et devenue inhabitable. Les plafonds prenaient l'eau, l'herbe poussait entre les dalles des chambres. Le chais et le séchoir à prunes étaient seuls en bon état, parce qu'ils étaient d'usage commun aux métayers et aux propriétaires.

Si le parc lui-même n'avait pas trop souffert d'abandon, là se bornèrent les constatations agréables de Mme Taneran. L'habitation, dont la plupart des meubles avaient été transportés à Paris, semblait pratiquement hors d'usage.

Le jour de l'arrivée fut maussade. Il fallut trouver un logement provisoire. Il arriva donc ce qu'ils n'avaient pas prévu : les Taneran furent obligés de prendre pension chez les Pecresse.

*

Les Pecresse étaient les voisins les plus proches d'Uderan. Leurs arrière-grands-parents avaient été métayers du domaine et avaient racheté la métairie dont l'un des propriétaires s'était trouvé dans l'obligation de se séparer. Depuis lors, cette propriété s'était régulièrement agrandie des aliénations que les premiers possédants effectuaient une à

46

une, afin de faire face à l'entretien de la grande demeure de la seconde métairie.

L'ancienne métairie était flanquée maintenant d'une belle habitation de maître et d'un grand jardin. Les Pecresse, devenus de riches paysans, n'avaient pas borné leurs ambitions.

Malheureusement ils n'avaient eu qu'un fils et c'était autour de ce personnage que s'échafaudaient leurs ambitions.

On en avait parlé un moment donné comme du meilleur parti de la région, tant par l'importance du bien qui lui reviendrait, que par sa prestance qui était belle. Ajoutons qu'il avait fait quelques études, ce qui lui conférait au village une certaine dignité intellectuelle.

Cependant, Jean atteignit ses vingt-cinq ans sans s'être décidé au mariage. On ne le voyait nulle part et sa mère veillait à ce qu'il ne fréquentât personne. Il devint taciturne et timide. Les filles se découragèrent. Dans sa solitude dorée Jean parut inaccessible. On y pensa moins. Ou plutôt on pensa bientôt avec effroi à ce qu'était l'existence au lieu dit de l'*Ancienne Métairie*, entre ce garçon et sa marâtre rousse la Pecresse.

Lorsque sa grand-mère paternelle mourut, un soir de septembre, après une radieuse journée de vendanges, la douceur disparut définitivement de la vie de Jean. Il n'eut plus que sa mère pour seule compagne, et la soupçonna de l'aimer trop. La passion que cette mère vouait à son fils s'exprimait, faute d'exutoire, de façon aussi agressive que si elle l'eût détesté. La violence du sentiment de l'une et la molle passivité de l'autre ne cessèrent jamais de croître, quoiqu'ils ne trouvassent, au cours de la

47

vie monotone qu'ils menaient, aucune occasion de se manifester. L'atmosphère de l'Ancienne Métairie devint singulière comme le sombre décor classique d'un drame intime dont l'art consiste à ne jamais mettre en présence les deux seuls êtres porteurs de la substance même du drame et dont la confrontation le viderait d'un seul trait de son intérêt psychologique.

Le père Pecresse, lui, trouvait son bonheur dans le travail. Il était à l'égard des deux siens d'une discrétion exemplaire, faite à la fois d'indifférence, du souci de sa paix et d'une indicible lâcheté. Cette faiblesse ne manquait pas d'un certain charme et faisait du père Pecresse le seul être de l'Ancienne Métairie qu'on aimât rencontrer. Mais chez lui, elle s'exprimait aussi perfidement que le pire esprit d'intrigue et aboutissait à lui faire fuir sa famille. D'ailleurs, il ne comptait pas plus aux yeux de sa femme et de son fils que s'il n'eût été qu'un pauvre d'esprit.

L'Ancienne Métairie se trouvait aussi loin de Semoic et du Pardal qu'Uderan lui-même. Mais par contre aucun chemin n'y passait, à part la grand-route de Rayvre qui tournait à cinq cents mètres de là vers le village de Rayvre. Il existait des raccourcis pour s'y rendre, du Pardal. Aussi peu de paysans empruntaient-ils cette voie-là.

Jean avait dû attendre pendant des années que passât quelqu'un par leurs terres. Leurs seuls voisins, ceux d'Uderan n'étaient plus venus depuis longtemps et la silhouette de la sapinière se dressait devant lui, sauvage. Cependant sa mère espérait toujours de le marier selon ses idées.

Jean passa pour un nigaud que l'on pouvait

mener facilement, une bonne affaire en somme, pour une fille habile, si la mère n'avait fait bonne garde. Il ne se plaisait pas chez lui et travaillait aux champs aussi durement qu'un simple tâcheron. Il aurait pu avoir des ouvriers. Mais les Pecresse, s'ils se dépensaient à l'ouvrage, tenaient à leurs sous. On dit bientôt de Jean qu'il était avare et un peu radoteur aussi.

Sa mère, qui ne manquait pas de bon sens, finit par s'inquiéter. Jean outrepassait ses espérances et il ne lui aurait pas déplu qu'il en prît un peu plus à son aise avec les filles. Pour l'y inciter, elle engagea une jeune servante, car, tout compte fait, elle eût préféré le voir embourbé dans quelque liaison de bas étage que de le voir se mésallier ou encore être aussi amer devant la vie.

Mais Jean ne toucha pas à la servante qui dormait à côté de sa chambre. Il refusa de tomber, fût-ce une seule fois, dans le piège qu'il savait lui avoir été tendu par sa mère.

Trois ans passèrent. Jean approchait de la trentaine. La servante était restée. Les Pecresse menaient une existence laborieuse et aisée, mais d'une triste monotonie, auprès de ce fils unique qui semblait se livrer à cette vie chaste et solitaire aussi fougueusement que s'il s'était agi d'une passion répréhensible.

Cet état de choses dura jusqu'à un soir d'été, lors duquel, au bord du Dior où Jean aimait à descendre, il rencontra une étrangère. Aussitôt il se sentit l'âme d'un coupable qui, un beau jour, après une longue route, arrive épuisé dans un village où son crime n'est pas connu.

La jeune fille était en train de couper des joncs

avec une petite serpe brillante. Deux longues tresses noires pendaient le long de sa tête jusque dans
les herbes. Sa robe d'un rouge passé se détachait
sur le vert sombre de la rivière, avec l'éclatement
coloré d'un fruit sur un feuillage. Elle ressemblait
ainsi à une jeune personne romanesque qui se fût
éloignée de chez elle, au crépuscule, hantée de
songes. Lorsqu'elle aperçut le jeune homme, la
vision changea. Elle se releva, se cambra et l'inter-
pella familièrement avec une assurance un peu
vulgaire. Il ne vit pas bien son visage dont l'ombre
brouillait les traits, mais il en distingua l'expression
quiète et d'une gaieté irraisonnée : quelqu'une qui
n'a peur et qui a coutume de s'adresser à n'importe qui, de même que les vagabonds dont tous
les passants sont les amis.

Ce que Jean éprouva durant un instant fut
mémorable. Ce fut comme s'il naissait à l'excessive
beauté de l'amour.

Naturellement il lui répondit quelque ineptie.
La jeune fille, décontenancée, le regarda pendant
un instant puis elle se remit au travail.

Jean s'éloigna en se retournant vivement à chaque pas, comme quelqu'un qui a peur d'être suivi.
Il s'assit sur une souche d'aulne et continua à la
considérer d'un œil apparemment stupide, mais
dans lequel tous les sentiments humains se bousculaient, sans qu'un seul réussît à se fixer et régner.

Effrayé et ému à la fois il ne pouvait bouger. A
un certain moment, elle commença de chanter. Il
ne put en croire ses oreilles. Le chant lui semblait
couler dans son sang comme un poison. Chaque
phrase musicale, onduleuse ou aiguë, étonnait sa

chair et en faisait une matière d'une douloureuse sensibilité.

Tel un enfant qui se réveille il ne comprenait pas très bien ce qui se passait. Le spectacle de son existence lui frôlait l'esprit, incompréhensible; mais il sentait bien qu'il naissait à un état inconnu. Il pensa à sa chasteté avec horreur. Elle le paralysait et il se sentit chanceler sous son poids.

Personne ne passa. Seul le train de Bordeaux secoua le silence, suivi de traînées de fumée; la lumière qui jaillissait des portières zébra le soir de lueurs rouges.

La jeune fille s'éloigna, une botte de joncs sur le dos, sa petite serpe à la main. Elle prit la direction de Semoic. Jean se retrouva seul au bord du Dior et il y resta jusqu'au moment où la nuit fut tout à fait venue.

Le lendemain soir le retrouva au même endroit, sur la souche d'aulne. Il se sentit affaibli par le manque de sommeil et la faim, n'ayant ni mangé ni dormi depuis la veille.

Mais ses nerfs, tels des rênes, le retinrent encore d'accomplir sa sinueuse approche d'homme vers la femme.

Lorsqu'elle fut de nouveau chantante et tranquille sur la route de Semoic, il prit peur. Peut-être ne reviendrait-elle plus. Jeté soudain hors de son rêve, de sa crainte, il se trouva dressé, désespérément brutal.

Il la rattrapa en courant, elle le reconnut et lui sourit. Mais il ne fut pas capable de regarder son visage, lorsque d'une voix dure et mal assurée il lui annonça qu'elle n'avait nullement le droit de venir couper des joncs dans ses prairies du Dior. Il s'indignait, mais sa voix enflammée ne brûlait vraiment que lui-même. Qui eût vu sur la route ces deux silhouettes, la sienne, à elle, pliée sous la botte d'herbes et celle du jeune homme gesticulant sauvagement des deux bras, les eût pris pour le maître et l'esclave. Et telle, elle devint dans ses mains par la suite.

Elle reparut le lendemain, et au bout d'une semaine elle se donna à lui, à l'endroit même où ils s'étaient connus, au tournant du Dior, à la lisière du bois d'aulnes.

Leur amour se compliqua au début, du moins pour lui, d'un sentiment romanesque et désabusé. Elle laissa repartir sa famille et elle s'installa à Semoic. Elle ne regretta pas son vagabondage d'autrefois. Elle gagnait bien sa vie à se louer de ferme en ferme pour les lessives, les moissons, les vendanges.

La chose durait depuis trois ans. Jean trompait maintenant sa maîtresse au gré des occasions qui se présentaient, avec sa servante en particulier. Il trouvait qu'elle lui coûtait cher, mais ne songeait pas sérieusement à la quitter. Il se sentait tranquille à bien des points de vue avec elle. Mais il avait trop attendu l'amour et restait déçu. Il engraissa et s'abêtit.

*

Le soir de l'arrivée des Taneran, Jean se sentit intimidé. Un événement de ce genre n'était jamais arrivé chez les Pecresse où on ne recevait jamais personne.

Il exigea qu'ils dînassent dans la salle à manger,

et non dans la cuisine comme ils avaient coutume de le faire, en vrais paysans; c'était bien du dérangement, mais sa mère n'y trouva rien à redire.

Parce qu'elle se laissait aller à sa mollesse habituelle ce soir-là, Jean parla durement à la jeune servante qui se mit à pleurer. Il revêtit son costume de chasse qu'il n'arborait d'habitude que le dimanche.

Lorsque tout fut apprêté selon ses désirs, il attendit que les Taneran revinssent de leur promenade à Uderan. A peine les avait-il aperçus le matin. Ils l'avaient surpris par leur maintien simple et naturel et il avait eu de l'agrément à leur parler. Ils devaient déjeuner chez les Dedde, leurs métayers, et la journée parut longue à Jean Pecresse. Au fur et à mesure qu'elle avançait, son effervescence augmentait sans qu'il sût pourquoi en vérité.

Ils entrèrent les uns après les autres, les deux frères d'abord, Mme Taneran et Maud ensuite, éblouis par la lumière et portant sur leurs visages, tel un air de famille, une expression identique de fatigue et de dédain. Ils ne ressemblaient plus aux voyageurs du matin, heureux d'arriver et portant joyeusement leurs valises, bavards et jeunes.

Les Pecresse étaient très émus. Les Grant ne firent aucuns frais de conversation. Ils prirent place sur les chaises adossées au mur de la salle à manger.

Aucun bruit n'arrivait dans cette pièce sauf ceux de la cuisine qu'on devinait en contre-bas, près de l'étable, dans l'ancienne maison.

Ils avaient faim. Jacques bâillait d'ennui et de bien-être.

Face à la cheminée s'élevait un magnifique dressoir qui luisait de toutes ses moulures et de ses porcelaines. La table immaculée brillait, d'une blancheur irréelle. Une odeur flottait, douce et acidulée, celle de la « piquette » du Lot et du bois moisi et soufré de la barrique qui rappelle un peu celle de la sueur humaine.

Un petit moment se passa avant que la Pecresse appelât pour le dîner. Elle vint s'excuser auprès de ses invités de ne pas être tout à fait prête et repartit pour la cuisine. Le père Pecresse devait être à l'étable; il s'effaçait discrètement, comme un domestique. Jean n'osait pas encore apparaître. Déjà chacun des Pecresse avait la même idée sans que personne eût averti les autres de la sienne. Les Grant, eux, trouvaient que l'endroit était agréable et chaud, bien qu'éloigné des villages. Mais ils ne pensaient à rien de précis.

Maud sortit un petit moment sur le porche et regarda la nuit tomber.

Au sommet de la rampe dont Uderan et l'Ancienne Métairie occupaient le milieu, quelques fermes du Pardal scintillaient de leurs mauvaises lampes à pétrole. Il faisait doux; à peine un petit vent soufflait-il de temps en temps par rafales. Si jusque-là Maud se souvenait mal du paysage, elle le reconnut alors tout à fait. Tout autour d'elle, elle sentit les terres qui s'étageaient, les champs, les fermes et les villages, le Dior, comme s'ils eussent fait partie d'un ordre harmonieux et permanent, assuré de survivre aux hommes qui ne faisaient qu'aller et venir sur ce petit coin du monde. Le passage incessant des créatures qui la peuplaient rendait cette éternité accessible à l'âme. On la sentait qui se déroulait lentement, chaude, sensible, comme un chemin toujours tiède des pas des derniers venus et silencieux d'un silence creusé toujours par le bruit des pas à venir et des corps en marche.

La route coupait la pente sombre du terrain. Immobile, d'une blancheur lactée, elle traversait le pays, étrangement absente, telle un courrier qui vient de loin et ne songe qu'à son but.

Si l'on ne voyait presque plus rien, on savait bien seulement que les choses poursuivaient toujours dans la nuit une vie à présent apaisée, assourdie, où elles existaient pourtant plus puissamment peut-être que dans le jour, sans doute parce que le jour ne les dispersait plus dans sa lumière. Tels apparaissaient à Maud le Pardal accroché au sommet de la rampe, et au bas de celle-ci le hameau de Semoic, à fleur d'eau sur le Dior bruissant de frais et soyeux murmures.

Des cris, des rumeurs, des aboiements de chiens, des appels de jeunes gens entre eux arrivaient isolés et familiers, aussi caressants à l'oreille que la rumeur de la mer.

Les paysans dînaient tôt. Ils mangeaient sans doute en un silence fait de lassitude et de paix. Bientôt ils se coucheraient harassés de la fatigue de la journée écoulée et de celle plus épaisse et plus pesante dans laquelle, imperceptiblement, s'engloutissait un peu plus chaque jour leur vie. Et toutes les lassitudes du jour finissant laissaient dans l'air comme des parfums, celle de la terre et celle de la pierre qui ne meurt pas, celle des troupeaux, celle, douce et émouvante de l'homme.

Jean Pecresse pensa que Maud se trouvait sur le porche de la salle à manger. Il vint l'y rejoindre et s'adossa sans mot dire de l'autre côté de la porte. Maud le distinguait à peine, maintenant, sanglé dans son costume de chasse, grand et un peu épais, comme un homme qui prend de l'âge. Elle pensait à sa vie dans cette maison, au milieu de cette campagne qui lui appartenait et sur laquelle il vivait à son aise, sans avoir à compter. Il l'irritait, parce qu'elle le sentait toujours sur les dents, soucieux de l'effet qu'il produisait, se contraignant douloureusement à ne pas paraître lui-même.

Jean se sentait inquiet : « Quel effet cela lui fait-il d'être là, chez moi, sur le porche de la maison d'où on voit loin, au moins la moitié de mes terres sur Uderan et sur le Dior? » pensa-t-il. Il se reprocha le silence de la jeune fille; le sentiment d'un vide immense l'accablait déjà auprès d'elle. Les maîtresses qu'il avait eues par hasard l'avaient toujours trouvé d'une éprouvante sentimentalité, mais elles n'y attachaient que peu d'importance parce qu'elles étaient de la campagne et pleines de bon sens; elles le laissaient parler tout son content et leur écrire de même.

Le père Pecresse sortit de l'étable et lâcha ses griffons qui s'en allèrent comme des flèches dans la nuit noire. Les chiens jappèrent un long moment, exaspérés de joie, et montrant une impatience enfantine. On suivait sans les voir, leurs va-et-vient absurdes et désordonnés. Mme Taneran, Jacques, Henri et la Pecresse vinrent, eux aussi, sur le porche avant de dîner. Mme Taneran, pour se montrer aimable, voulut dire quelque chose à la Pecresse :

– Il fait bon, il fait meilleur qu'à Paris. Comme l'air est léger!

Toute heureuse, Mme Pecresse répondit par une affirmation du même genre. Alors personne ne souffla plus mot. Le père Pecresse parlait à ses chiens, pour les retenir près de la maison.

Maud entendait Jacques qui bâillait nerveusement derrière elle. Jacques! Elle y pensa tout à coup avec autant de détachement que s'il eût été mort ou absent depuis de longues années. Pour la première fois depuis longtemps il ne se trouvait plus dans le cadre familier de leur appartement. On aurait dit qu'il s'était arrêté de vivre pour quelques jours. Il perdait tout relief et ressemblait, inerte et léger, à un acteur, au lendemain du spectacle.

La perspective des vacances ennuyait Jacques. Lorsqu'on s'est laissé descendre en barque d'Uderan jusqu'au moulin de Mirasme, que peut-on faire de plus dans un pays où le gibier est aussi rare que les filles? Depuis dix ans il n'avait pas cessé son existence illusoire où s'ouvraient chaque jour de nouvelles pistes vers le plaisir. Ici tout se dérobait. Le silence le terrifiait. Il connaissait les projets de sa mère à son égard, mais s'il s'était laissé arracher une décision que maintenant il regrettait, il se disait qu'elle ne l'engageait pas le moins du monde.

Tel un brouillard, l'ennui recouvrait la vie de Jacques, et dans cette brume la réalité s'estompait, lui devenait insaisissable. Il était très intelligent sans avoir jamais connu les joies de l'esprit. Sa pensée ne s'élevait jamais, paresseuse comme elle l'était, au-delà des préoccupations immédiates. Elle l'amenait devant son plaisir et alors l'abandonnait, telle une entremetteuse qui a rempli sa fonction. Pendant un an il s'était donné une raison de vivre : cacher la vérité à sa femme au sujet de l'emploi de l'argent qu'elle lui avait confié. Il lui en avait voulu sans doute d'être sans le savoir la cause de ses ennuis et cela avait contribué à hâter la fin de son amour; maintenant cela gâtait son souvenir.

Ce souvenir, à vrai dire, se perpétuait sous l'espèce des échéances Tavarès, qu'il faudrait payer coûte que coûte. Sans doute n'aimait-il plus assez la disparue pour souffrir longtemps. Sa mort le décevait parce qu'elle ne lui permettait plus d'espérer quoi que ce fût. Il se sentait abandonné. Il lui restait son cœur vide et les traites Tavarès.

Le père Pecresse siffla ses griffons qui rentrèrent à la maison avec regret. Les Taneran et leurs hôtes se mirent à table plus tard que de coutume. Mais si, la bonne chère aidant, le dîner s'anima un peu, les Pecresse restaient vaguement inquiets et déroutés par les Taneran.

La Pecresse était une femme singulière. On la considérait au Pardal pour une femme de tête et on la respectait. N'ayant que peu d'amies elle se souciait cependant de l'opinion du monde. Elle savait qu'on la critiquait quant à son fils, et tout en sachant que la jalousie inspirait les médisances des Pardaliens, elle en avait conçu une inquiétude intime qui la tourmentait.

Dès l'arrivée des Taneran son souci s'accrut. Si l'idée d'un mariage avait germé prématurément en elle, le sentiment de son fils pour Maud Grant ne fit que la confirmer. Elle n'avait jamais pensé qu'il y eût un lien entre le mariage et l'acquisition définitive d'Uderan. Maintenant, cette éventualité surgissait dans son esprit, avec une telle évidence qu'elle croyait l'avoir toujours prévue.

Si les Grant n'étaient que des bourgeois sans prétention, Uderan, leur terre, leur conférait comme une noblesse. Et c'était précisément parce que la propriété se trouvait dans l'abandon, que la Pecresse la voulut, avec tant de force. La perspective de l'action enivrait cette femme. Elle s'épuisait d'ardeur insatisfaite. Elle avait envie d'agir et d'entraîner son fils Jean dans l'aventure. Qu'y a-t-il en effet de plus merveilleux que de s'unir dans une action commune avec l'être qui vous est cher? Nul ne sut jamais jusqu'où cette espérance entraîna la Pecresse et dans quelles délectations elle la fit se complaire à l'avance.

Mais elle sut mettre un frein à son imagination qui jamais ne l'avait aveuglée. Sa passion prit naturellement une allure réfléchie et s'exprima habilement.

La seule chose dont elle fut dupe ce fut de reporter sur Maud Grant la valeur et l'attrait des terres que la jeune fille possédait. Sans qu'elle eût rien calculé, celle-ci, du jour au lendemain, lui apparut digne de sa convoitise.

Si elle n'était pas si belle que ça au dire des Pardaliens, ne possédait-elle pas, en effet, une race qui différait de la sienne? Elle descendait « l'allée aux fruits » le buste droit, lentement, sans jamais se hâter, comme si personne ni rien ne l'attendait nulle part; aucune obligation ne la courbait, sinon celle de se laisser vivre. Et la mère Pecresse qui vaquait à tant de besognes qu'elle n'aurait su que faire d'un instant de loisir, trouvait là la vraie marque d'une différence essentielle. Le fait qu'elle croyait Maud d'une essence supérieure à la sienne flattait son humilité, attisait encore plus son désir de la voir épouser son fils.

Bientôt le Pardal tout entier fit le rapproche- ment inévitable : la fille Grant, inoccupée du matin au soir, cherchait certainement un mari. Et après tout il fallait que ce fût un bon Pardalien qui remît en état cette terre inculte, d'autant plus que, des deux fils Grant-Taneran, l'un était trop jeune, l'autre incapable...

Mme Taneran pressentit ces calculs ou plutôt ces espérances. Elle ne voulut mécontenter ni la Pecresse, ni les paysans de la commune. Lorsque par hasard elle se trouvait seule avec sa fille, elle se gardait de lui en dire un mot. Mais elle en avait parlé à Jacques, comme toujours lorsqu'il s'agissait d'une question qui concernait la famille.

– A qui donc la marieras-tu? lui répondait-il. Je serais généreux, je m'en irais; je passerais sur la question de la terre qui, d'ailleurs, ne nous rapporte rien et se dévalue d'année en année; Pecresse me verserait quelque chose...

Peut-être pensait-il qu'une solution de ce genre arrangerait ses affaires. Mais sa mère, si faible d'habitude, si souple, se butait. Elle prétendait qu'elle aurait mieux aimé voir Maud devenir vieille fille que de la marier à un Pecresse. Depuis son arrivée, du reste, elle devenait facilement irritable. Obligée de défendre son enfant, elle s'étonnait de tenir avec tant de véhémence à Maud qui ne lui témoignait aucune tendresse. Par contraste avec la veulerie de ses fils, cette pudeur la réconfortait, surtout depuis quelque temps, depuis qu'elle s'apercevait qu'Henri à son tour se gâtait. C'est pourquoi, devant le danger qu'elle découvrait, Maud lui paraissait si désarmée et d'une telle innocence, qu'elle crut toute son énergie nécessaire pour la sauver.

Bientôt, les propos allèrent leur train. Les gens s'enhardirent, parce que, tant par inconséquence que parce qu'ils s'y trouvaient bien, les Grant ne quittèrent pas la maison Pecresse pour la leur.

Fut-ce pour accréditer définitivement l'opinion générale? La Pecresse proposa aux Grant d'offrir à Uderan même un dîner auquel seraient conviés tous les Pardaliens.

Au fond, elle craignait que son idée ne fût folle.

« Si elle l'est, se disait-elle, je le verrai bien ce soir-là, à leurs façons... »

Ces Pardaliens desquels elle vivait à l'écart et dont les filles lui paraissaient des partis bien trop piètres pour son héritier, elle s'y accrochait maintenant, parce qu'elle se doutait que son idée n'était pas seulement une imagination de femme abusée. Son rêve lui faisait peur, pour autant qu'il pouvait se réaliser, pour autant qu'elle voyait Jean à côté de Maud, dans la cour ou à table. Elle caressait ce songe, s'en émerveillait comme une jeune fille qui n'avait pas encore commencé à vivre dans la réalité. « Les choses ne se font pas d'elles-mêmes, se répétait-elle, il faut agir. »

Mais rien ne semblait arriver qui fût décisif ou même qui parût être le commencement d'une réalisation. Alors elle espéra en ce dîner, naïvement...

Quoiqu'on fût déjà en mai, on fit du feu dans toutes les pièces du rez-de-chaussée, deux jours à l'avance. La maison perdit un peu de sa triste odeur de moisissure. Il restait une chambre à peu près habitable, meublée d'un lit à baldaquin, trop volumineux pour qu'on eût pu le déloger. A côté du grand lit s'en dressait un autre, un lit d'enfant, délaissé parce qu'inutilisable, où Maud, petite fille, puis Henri, avaient couché. Cette chambre se trouvait à l'extrémité du parc, au bout d'une allée de tilleuls. Un de ses murs donnait sur une vieille serre qui, de mémoire d'homme, était abandonnée, et dans laquelle des chemineaux avaient coutume de passer la nuit lorsqu'ils traversaient la région.

Maud décida de dormir à Uderan. La Dedde lui aménagea la chambre.

Si Mme Taneran trouva l'idée de Maud un peu extravagante, elle ne fit cependant aucune remarque.

Elle la laissa faire, témoignant à son égard d'une indulgence assez extraordinaire.

Il fut décidé que le fils Pecresse accompagnerait Maud à Uderan, le soir même. Devenu soudain d'une extrême prévenance, il la guidait dans l'étroit chemin, muni d'une lampe-tempête et elle le précédait, dans le jet de lumière que projetait la lanterne. Elle eût voulu le remercier, mais ne trouva rien à lui dire.

Ils étaient presque arrivés, lorsque Jean Pecresse demanda avec effort :

— Ma mère ne vous a rien dit, Maud Grant?

Maud ignorait tout des machinations qui se tramaient autour d'elle. Lorsqu'elle se retourna, elle vit luire ses yeux inquiets.

— Non, rien! Je ne vois pas ce qu'elle aurait pu me dire. Au revoir. Ne venez pas plus avant. Je connais le chemin par ici, car depuis la haie nous sommes à Uderan. Quand j'étais petite, je n'allais jamais plus loin. Je vous remercie tout de même...

Elle s'éloigna. Il resta stupide pendant un moment, puis s'en retourna en courant. Sa mère qui devait suivre la lueur de la lampe, referma alors le volet de sa chambre avec une violence dont le vacarme parvint jusqu'à Maud. Mme Pecresse avait sans doute beaucoup espéré de cette promenade. Ce fut là sa première déception, et sa nervosité l'empêcha longtemps de dormir...

Maud, elle, dès qu'elle eut atteint le parc, se sentit rassurée. Elle descendit un moment les allées et les remonta doucement. Ce silence qui eût fait fuir n'importe qui, tant il était compact et mystérieux, l'enchantait au contraire. Autour d'elle, les buis géants se hérissaient, les sapins prenaient des proportions gigantesques et leur cime pleurait doucement sans que leur plainte répandît aucune tristesse.

Maud entendit son cœur, à un moment donné, battre curieusement, comme s'il eût été hors de sa poitrine. Elle l'écouta et distingua un autre bruit plus lointain qui se mêlait à son battement, et tantôt lui parvenait très perceptible, tantôt, selon les caprices du vent, se perdait dans la nuit. La main posée sur sa poitrine, elle retenait sa respiration. Le bruit s'engouffra bientôt dans le chemin creux, contourna la sombre et haute falaise que formait le parc de ce côté-là.

« C'est un cheval..., se dit-elle. Je ne connais personne qui en ait un par ici; les paysans d'Uderan ne savent pas monter à cheval... »

Lorsque le cavalier fut tout près d'elle, elle ne bougea pas davantage, comme si l'intuition de sa seule présence eût pu inquiéter l'inconnu. Elle ne savait rien de lui, mais décida qu'il était courageux puisqu'il ne marchait pas plus vite que là-haut, dans ce chemin noir comme un four et surplombé par les massifs serrés des arbres. Pendant un instant, Maud fut comme attachée à ce pas qui descendait vers le village. Une fois qu'il eut atteint la route, il devint plus net. Ensuite, aucun autre bruit ne troubla le silence dans lequel il avait laissé comme une traînée sonore qui semblait s'effacer difficilement.

Maud rentra dans la maison. Lorsqu'elle fut dans sa chambre, elle laissa la grande porte d'entrée ouverte sur le parc que fouillait la clarté de la lune. Mais la brise qui lui avait révélé tout à l'heure le passage de l'inconnu l'empêcha longtemps de dormir. Maud s'assoupissait lorsque cette brise s'évanouissait elle-même dans la futaie comme à bout de forces, mais elle se réveillait brusquement lorsque le souffle frais chargé de tous les parfums revenait et faisait frissonner les rideaux. Il avait balayé les grands fonds de la vallée. Aussi embaumait-il l'algue amère et les feuilles pourries.

La porte de la grande salle à manger d'Uderan avait été laissée ouverte. Les journaliers et les métayers dînaient dans la cuisine; leurs femmes et leurs filles servaient à table : à peine trouvaient-elles une minute de temps en temps pour manger à leur tour. Elles apportaient les plats, la bouche pleine, le front humide de sueur, rouges et heureuses de leur fatigue qui n'était pas celle de tous les jours.

Dans la salle à manger s'alignaient dignement, de chaque côté de la longue table, les notabilités et les paysans. Ceux-ci, propriétaires au Pardal, y étaient nés pour la plupart et y mourraient probablement; à leurs yeux les métayers jouissaient d'une condition inférieure à la leur et assez semblable à celle des aventuriers de la terre. Aussi étaient-ils sensibles à l'hommage rendu à l'éternité, et à la stabilité de leur propre condition, et se tenaient-ils fièrement, gauches dans leurs beaux habits. Au total, on en comptait bien une trentaine, venus en bande. Sous leurs paupières plissées par le soleil, leur regard moqueur indiquait qu'ils ne voyaient avant tout dans cette invitation que

66

l'aubaine d'un bon repas. Ah! certes, elle ne leur serait pas venue à eux, cette idée-là! A l'époque des vendanges, au Pardal, si on va déjeuner chez l'un ou chez l'autre, c'est toujours à charge de revanche et le plus souvent en échange de journées de travail; mais on n'invite pas les gens comme cela pour rien, pour le plaisir, bien sûr...

Au début du repas, ils se sentirent mal à l'aise, et si quelques-uns plus hardis que les autres essayèrent de lancer des plaisanteries, ils en furent pour leurs frais. Le bruit qu'ils faisaient en aspirant leur soupe avec force suffisait à peine à combler un silence qui menaçait de durer.

Absorbée par leur spectacle Maud retrouvait avec netteté un passé aussi durable et inaltérable que les traits de leurs visages dont la plupart étaient inchangés. Malgré les efforts déployés par le jeune Pecresse placé près d'elle, pour attirer son attention, elle restait distraite.

A chaque bout de la table, deux grandes lampes à pétrole éclairaient les convives qui présidaient le dîner. Mme Taneran causait avec le pharmacien du Pardal, un gros homme dont les mains paraissaient pâles, à côté des mains roussies des paysans. A l'autre milieu, en considération de sa condition, se trouvait l'instituteur du Pardal. Son ancien élève, Henri Taneran, placé à sa gauche, se comportait avec lui avec autant de douceur feinte ou naïve que l'enfant qu'il avait été autrefois.

Bientôt, d'ailleurs, chacun se mit à bavarder avec son voisin, personne n'osant encore s'adresser à toute l'assemblée à la fois. Dans le murmure grandissant, on distinguait des apartés murmurés dans le gras patois de la Dordogne.

67

La mère Pecresse, assise à la droite de Maud, s'agitait nerveusement. De temps à autre, elle murmurait à son fils quelques mots, et celui-ci se mettait aussitôt à entreprendre Maud avec une politesse compassée. Mais sa voix nasillarde, couverte par celle des autres, n'arrivait pas à retenir l'attention de Maud.

Le tapage augmentait. Lorsqu'il parvint à son diapason le plus aigu, chacun donnant son plein de voix, il devint assourdissant, monotone, et pourtant Maud n'en était pas plus étourdie que la veille, dans le grand calme du parc.

Ils étaient tous là autour de la table, avares, besogneux et sauvages au fond, aussi bien le grand Pellegrain si flambard, dont la stature colossale dominait l'assemblée, que le petit Dedde, le métayer. Mais ils savaient cependant comment l'on s'amuse d'une allusion ou d'une histoire. Pour leur délier la langue qu'ils retenaient d'habitude (comme si parler en semaine eût été pécher), le vin d'Uderan faisait merveille, un vin blanc un peu sec, qui avait pris la saveur minérale des plateaux. Le Dedde le gardait, paraît-il, depuis dix ans en prévision du retour des Grant; le liquide avait acquis à la faveur du temps une douceur traîtresse et profonde. Si rudes qu'ils fussent, les paysans goûtaient cependant subtilement le vin; après chaque lampée ils le humaient et prétendaient qu'ils l'auraient reconnu entre tous; ils le rapprochaient de tel ou tel autre et donnaient des conseils à Dedde :

– Fais attention, faut pas le faire vieillir plus de cinq ans; il est délicat : après, il se perdrait...

Lorsqu'ils eurent commencé, ce fut une joute où

chacun, s'attribuant une autorité que les autres n'avaient pas, se lança dans des nuances qui eussent paru insignifiantes à des profanes.

Au bout d'une heure pourtant, il y eut comme un temps d'arrêt dans ce tumulte, car les sujets de conversation commençaient à manquer.

« Maintenant ils vont parler d'Uderan », se dit Maud. On allait répéter des histoires qu'elle connaissait mot pour mot, chacune servirait à lier les scènes que les progrès rituels de leur liesse et de leur bien-être appelaient une à une.

— Te rappelles-tu, Maud? Maud, on te parle! Te rappelles-tu la grande frayeur que tu as eue, il y a dix ans?...

Elle sursauta.

Qu'arrivait-il? Tout le monde la regardait. La Pecresse à sa droite et Jean Pecresse se réjouissaient d'avoir attiré vers elle les regards de tous les invités. Tous s'étaient tus, soudain honteux d'avoir manqué gravement aux convenances en oubliant ce soir d'amener la conversation sur Mlle Grant. Mme Taneran, à son tour, s'irrita de l'ahurissement qu'on lisait dans les yeux de sa fille. Quant à ses frères, ils haussaient les épaules d'une façon à peine perceptible, dont elle seule pouvait deviner le sens : « Quelle buse! signifiait leur geste. Moi, ce que j'en pense, c'est pour la famille! »

Lorsqu'elle répondit enfin, un défi pointait dans chacune de ses paroles.

— Oh! si je me souviens. Mais il y a tant de choses que vous ignorez : Tenez, c'était un jour que je ramenais les vaches du pré du Dior et que le train passa au milieu du troupeau. La « Brune » avait un gros trou rouge à la place d'une de ses cornes, et elle fientait et beuglait. J'en claquais des dents de peur. Vous m'avez jugée très courageuse. Et cependant, la nuit d'après l'accident, je l'ai passée à pleurer jusqu'au matin, parce qu'on allait abattre la bête. C'est toi, Alexis, qui me l'as dit, ce soir-là. Tu étais soûl, mais je t'ai cru tout de même.

Alexis, une tête de Gascon à fines moustaches, avait rougi de plaisir en entendant prononcer son nom, mais, au rappel de ses soûleries chacun se moqua. Impitoyable, Maud le prit plusieurs fois à parti et y trouvait un plaisir cruel. Pourquoi s'acharnait-elle ainsi?

Avec insistance, elle continua :

— Et le soir de Noël, te souviens-tu, Alexis? C'était dans le bois aux Paulin? Tu étais couché dans la boue, accroché à ton fusil comme si vraiment il devait t'empêcher de tomber dans un gouffre. Nous t'avons heurté du pied et tu as hurlé comme un fou. C'était le froid qui te cuisait comme ça, hein, Alexis?

— Oui, mademoiselle Grant, répondit-il en la suppliant du regard.

Mais les autres maintenant se rangeaient instinctivement du côté d'Alexis. Ils se sentaient tous exposés à subir l'ironie de cette fille qui jusqu'ici s'était tue et se montrait tout à coup si agressive. Ce qu'elle disait les déroutait et les gênait à la fois. Alors, Maud abandonna le ton, désormais inutile, qu'elle avait adopté et ne se mêla plus à la conversation que pour l'animer, décerner un éloge, une approbation, qui valait aussitôt à son interlocuteur d'être écouté. Elle connaissait déjà le poids de son sourire, de son regard attentif, et tout de suite, ils lui furent reconnaissants de la bienveillance qu'elle leur témoignait.

*

Puis la gaieté disparut insensiblement, comme elle était venue. Chacun éloigna sa chaise de la table. Les feux à moitié éteints chantaient, et, pour conjurer les présages, la fille Dedde les tuait tout à fait à coups de tisonnier...

La robe de cretonne fleurie que portait Maud et qui paraissait un peu fanée à la lueur des lampes, la distinguait des paysannes encore matelassées de lainages. La jeune fille songea, qu'une fois les foyers éteints, le froid venu des autres pièces envahirait peu à peu la grande salle à manger. Graduellement, quoiqu'ils eussent beaucoup bu, les invités finiraient bientôt par s'en aller. Aussi jeta-t-elle une dernière brassée de sarments dans la cheminée, et le feu, dans un sursaut, se mit à ronfler de nouveau, dévorant les brindilles sèches.

Soudain, elle prêta l'oreille. En apparence le silence régnait dans le parc et sur tout le domaine d'Uderan. Elle sut pourtant, avant tout le monde, qu'il venait d'être rompu. Le même galop qu'elle avait perçu la veille lui arrivait distinctement et de la même direction. Bientôt, le bruit fut si net que tout le monde s'arrêta de parler pour l'écouter.

— C'est Georges Durieux, opina le jeune Pecresse. J'imagine la tête qu'il fera lorsqu'il verra les fenêtres éclairées. C'est bien la première fois depuis des années.

— Où va-t-il ainsi? demanda Maud.

71

– Qui le sait? Cela dépend de celle du moment. Pour l'instant, c'est à Semoic.

– Oh! pour ça, fit la Pecresse, en branlant la tête de-ci de-là.

Et aussitôt son garçon répéta ce geste qui en disait long.

Mme Taneran s'inquiéta d'avoir des détails sur Georges Durieux.

– Un type de Bordeaux. Il a racheté une propriété près de Semoic, et vient ici en vacances. Vous savez celle qu'on ne peut pas voir de la route. Il y a une grande allée de cyprès qui y mène. Il voulait quelque chose dans la région parce que son père y est resté longtemps, même qu'il a songé à racheter Uderan.

– Ohé, monsieur Durieux!

Le curé avait ouvert la fenêtre et chacun fut étonné de voir que le cavalier était déjà dans la cour, tenant son cheval par la bride.

– Je croyais rêver, cria-t-il. Depuis la pointe du chemin j'aperçois de la lumière à Uderan.

Il acheva d'attacher l'animal et fit son entrée dans la salle. C'était un grand jeune homme très brun qui ne parut pas à Maud particulièrement beau. Sa mise négligée soulignait davantage une élégance native qui frappait immédiatement par son aisance et qui se déployait en gestes d'une souplesse animale. Il paraissait un peu ébloui, l'expression de son visage passait alternativement de l'indifférence à une curiosité enfantine. Il regardait les gens attentivement, leur parlait avec sympathie, mais il ne les écoutait pas longtemps et semblait au bout d'un instant ne plus les remarquer. Du premier coup d'œil, il eut toute l'assistance dans la tête et put sans difficulté situer les propriétaires des lieux, quoi qu'il fût loin de connaître tout le monde au Pardal. Sa courtoisie nuancée de mépris redonnait aux gens le sentiment de leur rang; sensible à ce charme, Mme Taneran retrouva, dès son entrée, un sourire si proprement féminin qu'elle en était rajeunie. Dès l'arrivée de Georges Durieux le sens même de la réunion apparut d'ailleurs à Maud d'une évidence insupportable.

« C'est celle dont on parle dans le pays et qu'il est question de laisser à Uderan, devait penser cet inconnu. Un soir prochain ce rustre l'emmènera chez lui. Mme Taneran, sa mère, aura préféré s'enfuir. Ils doivent sérieusement manquer d'argent... »

Elle leva les yeux. Ils étaient d'un gris très clair. Aussitôt son regard rencontra celui du jeune homme, aussi clair que le sien et durci par une volonté égale, mais plus exercée. Tout en parlant, il n'arrêtait pas de la fixer. Lorsqu'il s'apercevait qu'on le remarquait, il se détournait quelques minutes, mais presque aussitôt il recommençait.

Cependant, Georges ne cessait de parler :

— Chaque jour, disait-il, je longe votre propriété, madame (il appuyait sur ses mots comme s'il se moquait d'elle) et je la connais fort bien. Vos vignes, du côté des Pellegrain, surtout la grande, celle qui s'étale sur les deux versants du plateau, ne valent plus malheureusement grand-chose. Inutile de les fumer. Il ne reste qu'à les arracher!

— Je croyais, moi, argua le grand Pellegrain, qu'en les greffant...

Bientôt ils vinrent tous à la rescousse, ceux du

Pardal. Les Pecresse murmuraient dans leur coin, désirant jouer leur partie, eux aussi. Ce que disait Georges Durieux ne desservait point directement leurs intérêts, mais ils sentaient néanmoins s'ébranler leur foi commune dans la valeur d'Uderan.

— Non, croyez-moi, continuait le jeune homme, à moins de brûler le plateau en entier et le replanter ensuite... Mais à quoi cela servirait-il, n'est-ce pas madame? Vous n'y venez jamais. Lorsque vous l'avez acheté, il était déjà usé jusque dans son fond. C'est ainsi depuis des décades. Il n'y a plus qu'à laisser Uderan tel qu'il est. Malheur à celui qui essayerait d'y changer quelque chose. La région est infestée de propriétaires ruinés qui ont possédé autrefois votre domaine. Il n'y a que vous autres, paysans du Pardal, qui gardiez encore quelque espoir dans cette terre désolée...

Mme Grant continuait à sourire béatement sans raison évidente...

— Voyez-vous, conclut-il, ce sol est si appauvri qu'il faudrait y enfouir une fortune pour rattraper le temps perdu. D'ailleurs, on peut très bien vivre à Uderan, d'une certaine façon, pourvu qu'on ne lui demande que ce qu'il peut donner : quelques coupes de bois, des fruits, du fourrage.

Vraisemblablement, il voulait décourager le Pardal de l'envie qu'on y avait d'acquérir la propriété. Mentait-il? Il s'exprimait avec une douce indifférence qui eût trompé les plus fins, mais qui contrastait avec son regard d'une singulière acuité. Lorsqu'il sentit sans doute que la désillusion commençait à fêler leur accent, il leur parla d'autre chose. Aujourd'hui, du reste, il avait presque gagné la partie. Demain, certes, avec le jour naissant, lorsqu'ils retraverseraient Uderan baigné de brumes, le désir les ressaisirait de nouveau de le posséder. Georges le savait bien, mais pour ce soir, il lui suffisait sans doute d'avoir déçu leurs convoitises.

Jean Pecresse s'était, d'ailleurs, peu soucié de ce que disait Georges Durieux. Il croyait aimer Maud et se trouvait en réalité aussi étranger à elle que Georges Durieux, lui, semblait participer déjà à son intimité. Maud suivait en effet les paroles de celui-ci avec une attention passionnée. La clarté dansante du feu creusait des ombres sous ses épaules un peu maigres et son visage avait une beauté que Pecresse sentait confusément lui échapper. Si cette révélation tuait son désir en outre elle le désespérait. Inconsciemment, il en voulait à sa mère de défendre aussi vulgairement ce qu'elle appelait ses intérêts. Dès ce soir-là il se sut vaincu d'avance, mais il comprit combien il eût été dangereux de le laisser voir à Maud, car si elle n'était pas cruelle, elle le contemplait avec des yeux vides dès qu'il tentait de parler de lui-même, comme si elle eût été alors frappée d'une insurmontable stupidité. Il sentit qu'il ne pourrait plus supporter la présence de Durieux plus longtemps et il se leva.

Il partit. Sa mère le suivit machinalement, le cœur serré, elle aussi, par une vague inquiétude. Tout le Pardal s'en alla derrière eux, en apparence en manière de protestation. Mais, au fond, les gens se sentaient simplement fatigués, comme il arrive naturellement après une veillée prolongée.

Pendant la quinzaine qui suivit le dîner, Georges Durieux parut presque tous les jours à Uderan. Ces journées si égales en apparence furent marquées pour Maud d'attentes pénibles.

Dans l'après-midi Mme Taneran allait à Uderan, afin d'y ranger des objets laissés à son départ et qu'elle voulait remporter à Paris. Elle qui était toujours sur pied, en ville, « ses nerfs la lâchaient » prétendait-elle, et, la plupart du temps, lassée d'avance, à l'idée du moindre travail à fournir, elle s'allongeait dans une bergère sur l'esplanade qui séparait le parc du jardin potager. Là, dans le tiède tamis d'une tonnelle, il arrivait qu'elle s'endormît.

Maud, durant cet après-midi, épiait Georges Durieux. Au bout de peu de jours, elle s'aperçut d'une chose qui ne l'étonna nullement : Jacques, qui s'ennuyait, attendait également le jeune homme.

Si différents les uns des autres, en effet, que fussent les Grant et les Taneran, si diverses que fussent les formes de leurs passions, une identique inclination de leur nature les faisait cependant se ressembler : l'ami de l'un d'eux, à moins qu'il ne répugnât à jouer ce rôle (et, dans ce cas, on perdait vite le plaisir de l'entendre et de lui parler), devenait, peu après son entrée chez les Grant, le confident de toute la famille. Chaque fois qu'un personnage, amené par l'un ou par l'autre, apparaissait, une sorte de passion communicative faisait que chacun s'en éprenait à sa manière et tentait de l'accaparer. Mais bientôt le nouveau venu qui s'apercevait, qu'en réalité une opposition irréductible régnait entre les Grant, devait choisir. S'il prenait parti pour l'un ou l'autre il connaissait alors des moments uniques, et l'illusion d'arbitrer une situation exceptionnellement injuste et intéressante le transportait d'ardeur, le faisait vivre pendant un certain temps dans des transes héroïques. Puis, très vite, il s'apercevait que personne ne mettait de bonne volonté à se réconcilier. Alors qu'il croyait avoir tout arrangé, on lui échappait, et pour des raisons qu'il ne réussissait pas à éclaircir. C'était alors à lui de faire effort pour s'accorder à nouveau au rythme, à la fin monotone, de cette espèce de mouvement perpétuel de discorde et de déchirements. Le plus souvent il se lassait. Aussi, les Grant ne comptaient pas d'amis véritables et se retrouvaient-ils, pour finir, toujours seuls.

Durieux ignorait qu'à Uderan on l'attendît de la sorte. Si apparemment il se désintéressait de Maud, il s'arrêtait tout de même assez souvent au domaine.

Assise sur la branche d'un sapin taillé en forme de banc et facile à atteindre, Maud lisait distraitement. A l'extrémité du jardin, Jacques, en bras de chemise, aménageait un parterre de fleurs qui surplombait la route. (Il avait décidé de rester à Uderan. L'amitié de Durieux comptait pour beaucoup sans doute dans cette décision inespérée.) Mme Taneran, heureuse de voir son fils s'occuper à quelque chose, fût-ce même à un travail enfantin, en concluait généreusement, « qu'au fond il avait toujours eu la passion de la terre ».

A part quelques petits accrochages avec la Pecresse, depuis leur arrivée à Uderan, Maud remarquait que les choses tournaient mieux pour les siens qu'elle ne l'avait pensé.

Jacques ne paraissait soucieux qu'au petit déjeuner chez les Pecresse, lorsque passait le facteur. En quittant Paris, il avait demandé à la concierge de renvoyer les lettres Tavarès, de crainte qu'on ne les découvrît et ne le harcelât de nouveau. Mais au bout de quinze jours, naturellement, des lettres arrivèrent en tas, des lettres d'avertissement avec frais d'huissier. Mme Taneran avança à son fils une somme importante. Depuis lors, le silence s'était fait, qui aurait dû inquiéter Jacques; mais il se croyait oublié. Satisfait de cette accalmie, mieux portant, il dispensait à tous une amabilité dont il était peu coutumier à Paris.

Il piochait sans lever le nez, tandis qu'au bord du Dior, Henri pêchait avec des camarades. De temps à autre on l'entendait annoncer d'une voix joyeuse ce que l'un d'eux venait d'attraper. Jacques ne s'arrêtait de piocher que pour lui répondre. Et Mme Taneran qui craignait de paraître somnoler criait alors d'une voix mourante de sommeil.

— Ne restez pas à l'ombre! Elle est fraîche et malsaine. Tu entends, Maud?...

Le passage des deux trains de Bordeaux était la grande affaire de la journée. Georges se montrait après le premier, et, depuis quinze jours, il n'y avait pas d'exemples qu'il fût venu après le second. Entre les deux, le temps s'écoulait, d'une durée inestimable. On attendait Georges. Dans l'air desséché les sons arrivaient jusqu'au parc, auréolés de leurs échos successifs dans les bois et les vallées, et, à l'ombre humide de la sapinière, on croyait assister à la magie de l'été.

Parfois un train omnibus déjouait cruellement l'attente de Maud et lui rappelait la menace toujours possible que Georges ne vînt pas.

Avant que passât le deuxième train, Jean Pecresse arrivait, tout essoufflé, du Dior jusque sous le sapin où se tenait Maud.

En bon paysan, il jugeait les Grant-Taneran inconsistants, futiles, mais il s'efforçait cependant de vivre à leur manière afin de gagner la confiance de Maud. Depuis l'arrivée de leurs voisins il travaillait moins dur, aux champs, et se traînait lamentablement à la suite d'Henri qui avait rallié une équipe de camarades bien plus jeunes que Jean :

— Vous venez, on va tous au moulin, puis on fera une balade dans l'auto de Terry, dépêchez-vous!

— C'est Henri qui t'envoie? demandait Maud, méfiante.

— Non, mais il n'en voudra pas. Si je vous parle bas c'est à cause de Jacques... S'il vient, tout est fichu. Allez, dépêchez-vous... Je vous en supplie...

Quelquefois, dans son impatience, Jean la tirait par les chevilles, tandis que dans le fond de la vallée, Henri ralliait son monde et appelait le jeune homme d'une voix inquiète :

– Ça ne m'intéresse pas! Laisse-moi, ou tu vas t'en repentir.

Elle le renvoyait brutalement. Une fois, elle avait éclaté d'un rire énervé, si inattendu que Jacques avait menacé de venir s'en mêler. Jean connaissait Maud depuis son enfance et avait encore vis-à-vis d'elle des façons enfantines qui lui permettaient de l'approcher plus facilement qu'il n'aurait dû le faire sans cela. Elle le bousculait d'une manière si rude et si familière à la fois, qu'il ne pouvait s'en fâcher, et il se faisait, au contraire, de jour en jour plus empressé et plus violent envers elle.

Georges arrivait à pied, ou à cheval, selon son humeur. Dès qu'il s'engageait dans le chemin, Jacques l'interpellait :

– Vous venez un instant? Je vais finir, on pourrait descendre ensemble?

Avant de descendre à Semoic avec son ami, Georges gravissait l'escalier, poussait la petite grille et passait sous le sapin. Là, il levait la tête, les mains dans les poches, mais sans s'arrêter jamais.

Puis il remontait le parc, vers l'esplanade. Avant d'atteindre Mme Taneran, et afin qu'elle se réveillât et ne fût pas gênée qu'il la surprît en train de somnoler, il sifflait ou toussotait discrètement.

Maud qui l'attendait depuis des heures s'obligeait à être calme par un effort de volonté si intense qu'il annihilait le plaisir qu'elle aurait dû éprouver. Elle sautait de son banc et se dirigeait lentement vers l'esplanade. Une sorte d'obligation intérieure la poussait à accomplir chaque jour cette inutile démarche envers Georges.

— Vous vous imaginez ça, monsieur Durieux? Elle se tient toujours là, sous ce sapin, à l'ombre. Comme s'il n'y avait pas mille choses à faire à la campagne!

Jacques haussait les épaules, et sans le vouloir, il détournait les soupçons qui auraient pu s'égarer sur Georges :

— C'est un genre qu'elle veut se donner, c'est une sentimentale, elle veut se faire remarquer.

A peine les paupières de Maud frémissaient-elles, dérangeant l'immobilité de son visage. Elle s'asseyait sur le banc qui longeait le mur de la cuisine, un peu à l'écart du groupe. Georges Durieux, retenu par Mme Taneran prenait place sur le fauteuil que celle-ci avait maintenant l'habitude d'apporter.

Il évitait manifestement de s'adresser à la jeune fille, et elle comprenait qu'il eût aimé à le faire. Il hésitait à la regarder comme s'il y eût un empêchement formel à cela, et chaque fois que ses yeux rencontraient ceux de Maud, il se détournait, troublé. Pour prendre une contenance il jouait avec les premières cerises encore vertes qui étaient tombées de l'arbre. Il les groupait deux par deux, trois par trois, les examinait attentivement sans avoir l'air de les voir, puis, avec les ongles, les dépeçait une à une. Ses cheveux luisants et noirs se partageaient en grosses mèches, pareilles aux herbes lourdes que le vent couche, et ramasse en paquets qui conservent, longtemps après, la trace figée de l'orage. Son corps long se devinait tout entier malgré la petite chemisette qu'il portait, à la teinte de ses bras, à leur forme oblongue et sèche, à celle de ses chevilles nerveuses, où se jouaient les tendons à nu sous la peau.

On le devinait jeune et leste dans le mouvement, mais toujours prêt à s'abandonner à la paresse ou au plaisir. Son attitude aisée et son corps heureux captivaient les gens, les retenaient auprès de lui. Dans son visage où se reflétait une douceur enfantine, ses yeux restaient en éveil, curieux de tout ce que racontait Mme Taneran. S'il était intelligent, il fallait qu'il se donnât la peine de parler pour que l'on en fût juge; il ne cherchait jamais à plaire; aussi y parvenait-il naturellement et faisait-on des efforts autour de lui pour rechercher son amitié.

Il aimait se baigner dans le Dior, chasser surtout et s'amuser ferme, des nuits entières, à Semoic.

— J'ai blessé un lièvre au-delà de vos bois, ce matin, dit-il. C'est le chien de Dedde qui l'aura eu. Au fait, j'ai aperçu la fille qui m'a appris ce que j'ignorais encore : vous comptez vous installer à Uderan?

Il s'était tourné vers Jacques qui, impatient de partir avec lui, se soulevait sur son banc à tout instant.

— Une idée de ma mère, mon cher. Je me laisse faire.

Il riait, mais, au fond, s'irritait de l'étonnement des gens à son propos. Son accent mordant exprimait, que si on s'attendait à son assagissement, on serait volé, et de belle façon. Mais le ton de Georges, simple et naturel, calmait ses soupçons. Il reprenait, mondain :

— La métairie est bien curieuse avec ses marches

de pièce en pièce! C'est plus gai qu'ici, aussi vais-je m'y installer. Nous serons plus près l'un de l'autre.

— Oui, c'est beaucoup plus agréable, approuvait Mme Taneran, d'autant plus que les Dedde s'occuperont de lui, lorsque nous serons partis. Avez-vous entendu parler de la métairie, monsieur Durieux?

— On dit qu'elle est très ancienne et compte plus d'années à elle seule que toutes les maisons du Pardal réunies. Elle a été rattachée à Uderan, bien après sa construction. Mon père pourrait vous renseigner parfaitement là-dessus. D'ailleurs...

Jacques se levait :

— Vous descendez à Semoic, Durieux?

Jacques, moins grand que Georges, était peut-être d'une beauté plus harmonieuse, grâce à la juste proportion des membres et à sa taille, bien qu'il lui manquât encore sa belle patine brune de plusieurs étés.

Autour d'eux, à Semoic, pensait Maud, une sorte de cour devait s'organiser fatalement. Maintenant, chaque soir, ils y descendaient tous les deux, et bien que Jacques eût proposé cette promenade à Georges sur un ton indifférent, on sentait que rien ne l'aurait empêché d'y participer...

Il existait une parenté entre lui et Georges, et Maud le devinait à des nuances, à cette complicité tacite.

— Vous allez à Semoic?

L'autre, tout en continuant à parler à Taneran, se souleva de son fauteuil :

— J'espère que si vous vous décidez à faire des frais et à aménager votre métairie, ce n'est pas à cause des superstitions qui courent? Moi, en tout cas, je suis ravi. Je suis ici jusqu'en octobre, tous les ans, et parfois, à Noël, je reviens chasser.

Enfin Mme Taneran se leva et défroissa sa robe du revers de la main.

Maud n'éprouvait aucune joie à voir Georges, puisqu'il restait aussi indifférent. Dans son opposition muette, elle engageait toute la volonté d'une femme décidée à triompher coûte que coûte d'un refus dont elle ignorait même la cause. Elle s'y appliquait sans orgueil. Retenir Georges quelques instants, prolonger son supplice, cela l'attachait à elle plus encore, sans qu'il le sût.

Aussi fit-elle une dernière tentative pour que la conversation reprît :

— Vous ne croyez pas aux superstitions que racontent les paysans?

Chacun se retourna. Mme Taneran souriait. Georges prit un ton persifleur en s'adressant à elle.

— Mais non, pourquoi? Vous y croyez, vous? On prétend pourtant dans le pays que vous n'avez pas peur.

Jacques saisit Georges par le bras :

— C'est parce qu'elle couche ici seule, toujours pour se faire remarquer. Elle y a d'autant plus de mérite que des histoires effrayantes courent. Vous comprenez?

Georges regarda par terre avec l'air de quelqu'un qui se souvient de quelque chose, et partit d'un éclat de rire :

— Ça me rappelle une histoire ridicule que je vous raconterai un jour...

Maud essaya encore une dernière fois de raccrocher l'intérêt des jeunes gens :

– Mais qui vous dit, qui vous dit que je n'ai pas peur?

– Laissez-la, monsieur Durieux. Elle est à la fois nerveuse et timide...

Les deux femmes descendirent accompagner les visiteurs jusqu'à la grille.

Le second train sifflait. L'auto de Terry qui filait à toute allure vers Semoic, passa devant la propriété. Comme on s'étonnait et demandait « quels étaient ces fous », Maud avoua de qui il s'agissait. Jacques qui s'était retenu de proférer quelque injure, par égard pour Georges qu'il ne connaissait pas encore assez, fit remarquer « que la voiture aurait pu s'arrêter pour les prendre, sachant qu'ils descendaient à Semoic ».

Ils partirent. Tandis que Mme Taneran fermait la maison, Maud s'étendit sur le gazon autour d'un massif de roses sauvages, tout à coup à bout de forces, lassée d'une si longue attente.

L'après-midi finissait. Aucun bruit n'arrivait plus de la vallée, sauf, quelquefois, les appels criards de la fille Dedde qui menait boire les vaches aux étangs du pré du Dior, lorsque ceux du plateau étaient asséchés.

Les oiseaux se couchaient; ils remplissaient le parc de leurs cris, tout veloutés de fatigue. Mme Taneran réapparut :

– Tu dis, Maud, que ton frère est parti avec Terry? J'ai peur d'un accident. Sais-tu pourquoi ils s'en vont tous à Semoic?

Maud l'ignorait. Mme Taneran retarda encore

le moment du départ, et fit le tour du parc, le long des larges et courtes allées qui l'enlaçaient.

Le soir, à Uderan, le moindre bruit l'impressionnait, que ce fût un pas sur la route ou l'écho d'une rame sur le Dior.

– Qu'est-ce que c'est? Ecoute, Maud...

Lorsqu'on écoutait, tout se peuplait de rumeurs, surtout la maison vide.

Bientôt, les roses devinrent violettes, et à l'entour des massifs s'éveilla une couleur sanguinolente.

– C'est drôle, dès le soir venu, je ne resterai plus ici pour un empire, dit la mère. Vrai, tu as du courage, Maud!

Ah! qu'importaient ces paroles, puisque maintenant Georges n'était plus là...

Maud sentit que si Georges s'entendait si bien avec son frère, c'est qu'ils se ressemblaient par un certain côté de leur nature. La même paresse foncière et leur passion du plaisir les rapprochaient.

Enfin Mme Taneran rejoignit Maud, au flanc de la colline, près des fleurs.

– Qu'est-ce que tu as? Tu es malade? Allons-nous-en. Je ne te dis pas que ça m'amuse de rentrer chez les Pecresse; on n'aurait jamais dû s'y installer. Mais, enfin, maintenant c'est trop tard pour en partir et trop tôt pour revenir. Tes frères profitent bien de la campagne.

Elle tenait à partager avec sa fille son sacrifice, afin de lui montrer ainsi son affection.

Depuis que la vie de famille ne l'accaparait plus autant, elle souffrait d'être délaissée de la sorte par ses enfants...

Un soir, de grands coups dans la porte d'entrée du côté du potager les firent sursauter. Bientôt les coups furent si rudes, qu'elles prirent peur et, toujours sans répondre, descendirent le flanc de la colline vers la grille. Mais au moment de l'ouvrir, la voix de la Pecresse, mielleuse et familière, les réconforta :

– Je vous croyais à la métairie. Je suis venue vous chercher pour bavarder un peu en rentrant chez nous.

En quelques secondes, Mme Taneran se remit de son émotion, et, tournée vers sa fille, avec l'autorité qui lui était habituelle, elle ordonna :

– Rentre par la route et ne t'inquiète pas, surtout.

*

L'ennui régnait à Uderan, dense, oppressant. Pour ne plus retarder leurs arrivées chez Barque, Jacques Grant préférait, en effet, rencontrer Georges Durieux à mi-route, entre le village et la propriété. Aussi celui-ci venait-il à Uderan de plus en plus rarement. La dernière fois remontait à quinze jours, et c'était à cette occasion qu'il semblait s'être intéressé à Maud.

– J'organise chaque été une pêche aux écrevisses. J'aimerais vous avoir tous les trois avec moi, je vous ferai signe, avait-il dit.

Son ton poli dénotait qu'il devait une politesse aux Taneran et qu'il s'en acquittait, tout simplement. Depuis, il n'était plus reparu au domaine; il passait par la « boucle » du Pardal pour rejoindre la route de Semoic et évitait aussi de prendre le raccourci qui traversait la propriété. Manifestement il s'effaçait, et si complètement, qu'il semblait inimaginable qu'on le revît un jour. Mme Taneran auquel il manquait beaucoup, s'en inquiétait :

— Comment se fait-il qu'on ne voit plus Durieux ? Va-t-il toujours chez Barque ?

Puis, remarquant que Jacques partait maintenant pour Semoic sans attendre son ami, elle lui fit des reproches avec véhémence.

— Ta sœur et moi mourrons d'ennui, ici. Tu nous enlèves jusqu'à la moindre compagnie, comme toujours. Si j'aperçois Durieux je lui dirai ce que j'en pense.

Mme Taneran ne faisait rien à Uderan. L'inaction lui était d'autant plus insupportable, que non seulement la Pecresse, mais tous les Pardaliens la tenaient dédaigneusement à l'écart, tant à cause de son attitude envers ses voisins qu'à cause de celle de ses fils. Mais Jacques avait ri de ses reproches :

— Si tu crois que ça l'amusait !... Il venait par politesse, ce pauvre Durieux. Tu te trompes sur les gens, tu ne sais pas l'homme que c'est, Durieux...

A bout de patience, Maud finit par ne plus passer ses après-midi dans le parc, et pour se donner un but, elle allait retrouver la Dedde qui gardait les vaches près du Riotor. Mais la fille du métayer qu'elle ne questionnait qu'à mots couverts lui apprenait peu de choses sur Georges. Elle aussi fréquentait Barque.

— Vous devriez y venir, mademoiselle Grant. Ce qui est bien, là-bas, c'est qu'on ne fait pas attention à vous. Moi, j'en profite avant l'hiver.

Mais Maud ne songeait pas plus à aller chez Barque qu'à sortir de son habituelle solitude...

On commença d'aménager les trois pièces de la métairie où Jacques devait habiter et Maud aida un peu sa mère, quoiqu'elle n'aimât pas se retrouver avec Mme Taneran dont l'inexplicable et récente tendresse la gênait (elle ignorait ce que la Pecresse avait bien pu lui dire, mais ne rentrait chez leur voisine que le soir, à l'heure du dîner, afin de ne pas la trouver seule). Et bientôt, jugeant encore plus vain de s'occuper de son frère que de flâner, elle ne fit plus rien.

*

Vers la mi-juin il plut pendant une semaine. La fille Dedde ne sortit plus les vaches. Les meubles de Jacques arrivèrent de Bordeaux, mais il fut impossible d'aller les chercher à la gare de Semoic, tant il faisait mauvais. La pluie qui persistait encrassait les chemins et tombait mollement par saccades. Sur le flanc ruisselant du parc, d'innombrables rigoles écrasaient l'herbe, la couchaient, la léchaient. Maud renonça à s'y promener.

On ne savait où se trouvait Henri, tandis que Jacques, jugeant plus commode d'habiter sa nouvelle demeure, y dormait jusqu'à l'heure de partir pour Semoic.

Les paysans se désolaient :

— C'est mauvais pour les prunes, gémissaient-ils, ça leur enlève le goût...

Chez Barque, cependant, ça allait toujours bon train, au dire de la fille Dedde. Le mauvais temps profitait au meunier et attirait chez lui de plus en plus de monde.

Maud, vêtue d'une pèlerine empruntée à la fille du métayer, courait les routes et les chemins, pour essayer de rencontrer Georges. Cette recherche incessante l'occupait des journées entières jusqu'à la nuit, et lui devint bientôt comme une obligation, sans qu'elle comprît nettement qu'elle n'en attendait plus grand'chose.

Elle n'en voulut pas une minute à son frère d'accaparer l'homme qu'elle aimait. La fatalité en avait décidé ainsi. Que pouvait-elle, en effet, contre une séduction qui l'étonnait toujours elle-même? Dans le voisinage de son frère se faisaient et se défaisaient constamment des passions, et toujours quelqu'un y était absorbé. Elle devinait les raisons pour lesquelles son frère accaparait Georges, parce qu'elles étaient celles-là mêmes qui l'attiraient : tout d'abord son désir impudent de vivre comme il l'entendait, lui aussi, à demi paysan, à demi dévoyé. Il vous donnait le sentiment d'avoir remporté une victoire, si vous parveniez à lui plaire. Ni l'un ni l'autre ne travaillait, mais Maud songeait qu'il eût été navrant de voir Georges accaparé par une besogne quelconque. S'il l'aimait, un jour, ce serait tous ses instants, tout son loisir qu'il lui consacrerait...

Un après-midi, elle l'aperçut. Il passa à côté d'elle, habillé comme un paysan, en cotte de velours, le regard bas, les mains dans les poches, les traits tirés et las, en homme qui ignorait que Maud le regardait derrière les aubépines. N'était-il pas aussi étranger à sa pensée qu'elle se l'imaginait occupé d'elle? Sous la pluie incessante, c'était plutôt devant sa propre vie qu'il devait s'angoisser, et, si différent qu'il fût de Jacques, en ce moment pourtant, ils se rejoignaient par l'expression de leur visage qu'une même sorte de dégoût abîmait.

Au lieu de la réjouir cette apparition remplit Maud d'inquiétude, et elle ne fit pas un pas pour le rencontrer. Mais dès qu'il disparut sur la route, elle regretta d'avoir été lâche. Elle s'enfuit à toutes jambes à travers les prairies où ses souliers s'enlisaient avec un bruit de ventouses et le long du Riotor qui charriait à pleins bords une eau boueuse. Le désir impérieux de mettre fin à la sinistre comédie de son amour la tenait en haleine.

A la métairie elle trouva sa mère, assise toute seule dans une pièce vide, qui ne faisait rien et gémissait.

— J'y perds ma pauvre raison, Maud. Crois-tu, ces meubles qui n'arrivent pas et Jacques qui ne s'en occupe pas plus que de nous!

Elle remarqua l'expression de Maud qui pleurait nerveusement, comme quelqu'un qui se retient pour ne pas sangloter, mais ne s'en étonna pas outre mesure.

— C'est ce temps, et je ne sais pas ce qu'on ressent, ici; moi aussi je suis angoissée, comme s'il allait arriver quelque chose...

Et puis, réfléchissant :

— Si tu t'ennuies trop, je dirai à Henri de t'emmener avec lui...

La pluie tombait dru comme de la grêle, autour de la métairie. Sur l'étang d'un vert sombre dont elle criblait la surface, les deux meules qui tiraient déjà sur leur fin projetaient leur ombre. La pluie accusait encore la nonchalance de l'été, exprimait son opulence dans ces feuillages gonflés, cette chaleur opaque et dense, ces fruits tombés qui jonchaient les allées de leurs fraîches pourritures. Sous l'auvent du porche le parfum maigre du chèvrefeuille embaumait, mêlé à l'odeur du grès mouillé et à la saveur finement salée et subtile de l'ondée. Au loin, le toit d'Uderan érigeait ses nombreuses cheminées, et les cimes de la sapinière l'encadraient, majestueuses.

Mais peu à peu l'orage perdit de sa vigueur. La pluie ne tomba bientôt plus que par rafales légères. Le ciel s'éclaircit; le travail des nuages qui s'y faisait encore, prit lui-même une allure plus apaisée. Par endroits, en son milieu, il s'échancrait d'un bleu intense et brillant qu'on eût dit humide.

A la fin de l'après-midi une vapeur blanche qui arrivait des bois de chênes et du plateau de Pellegrain descendit doucement le long du Riotor; elle fila vers la vallée du Dior où elle allait se mêler à un brouillard dense et épais. La Dedde sortit de la grange avec un panier au bras et se dirigea vers le champ ouest, du côté du Pardal, pour chercher des légumes.

– Quand ça descend comme ça, c'est que le mauvais temps s'en va. Regardez comme c'est beau, on voit à peine de l'autre côté, dit-elle à Maud.

Les grands peupliers du Riotor givrés par la brume s'immobilisaient sur son passage. Le domaine se trouvait isolé de la région environnante, qui semblait se fondre dans le brouillard.

Mme Taneran sortit de la maison, se dirigea vers l'étang et se planta devant le chemin creux

qui restait la seule issue libre vers la route. Elle
était nerveuse et soupira :

– Qui sait où sont tes frères? Dans une heure on
n'y verra plus rien avec ce brouillard, et Henri
court les routes, dans l'auto de Terry. Je préférerais ne pas le savoir.

Maud se sentait désireuse, après cette trêve, de
se dégourdir les jambes.

– Je vais jusqu'à la route pour voir s'il ne pêche
pas au bord du Dior.

Elle remit sa pèlerine et enfila le chemin, d'un
pas vif. C'était vrai, elle oubliait jusqu'à la cause
de sa nervosité de tout à l'heure. Dans l'acccalmie
naissante du temps, le souvenir de Georges s'adou-
cit et perdit un peu de son relief.

Peut-être l'indifférence de l'homme lui était-elle
apparue si difficile à vaincre qu'elle avait renoncé
à l'espoir. Pourquoi, depuis le dîner d'Uderan,
s'était-elle persuadée si gratuitement qu'il la
rechercherait? Si, pendant quelques instants, il
l'avait regardée, il fallait qu'elle fût folle pour en
préjuger qu'il l'aimait. Et puis, peut-être aussi
s'était-elle comportée maladroitement pendant ses
visites...

Lorsqu'elle eut atteint la route, elle fut surprise
par le silence qui succédait au crépitement de
l'orage dans la vallée du Dior. On s'y serait cru au
fond d'un puits humide.

– Henri!

Sa voix fut répercutée par un écho bref et elle ne
la reconnut pas.

Nullement impatiente de revenir à la métairie,
elle s'assit sur une borne, à l'angle du parc.

« Il est chez Barque, lui aussi », pensa-t-elle.

A côté d'elle, par grandes secousses, les arbres se débarrassaient de l'eau qui alourdissait leurs branches, mais on eût dit qu'aucun mouvement ne provoquait ces brusques tressaillements. Une sorte de murmure très doux surnagea bientôt du silence. Les rigoles glissaient de la colline à la route qu'elles traversaient aux pieds de Maud, avec des incurvations, des inflexions.

Maud sentit tout à coup qu'elle ne pensait plus à Georges. Effrayée de ce qu'elle crut être son inconstance, elle résolut d'aller chez Barque le soir même, et cette décision la réconforta.

Au bout d'un instant, elle appela de nouveau son frère. Un silence, aussi dur à enfoncer qu'eût pu l'être une muraille, répondit à son appel, tandis que dans le parc se jouait toujours la même féerie de l'eau. Maud en écoutant crut discerner des voix suaves et mélodieuses.

« J'irai jusqu'au Dior, se dit-elle, mais il va faire nuit très vite, maintenant. »

Elle résistait bien à la peur.

Dans l'enceinte des ormes, à l'angle du champ qui bordait leur propriété, Maud avait joué autrefois. Elle s'en souvint parfaitement tout à coup : elle avait dix ans et s'amusait avec Henri et Louise Rivière, chaque jeudi. Taneran venait contempler amoureusement son petit garçon. Il était vêtu d'une mauvaise veste kaki, chaussé de guêtres de chasse, et paraissait déjà vieux, à cette époque-là. Lorsque Jacques arrivait, il mettait en fuite son beau-père, tel un épouvantail, et ensuite, il ordonnait les jeux, allongé sur une pelouse, enjoué et charmant comme un prince qui n'en fait qu'à son bon plaisir. Les enfants, flattés de son intervention, acceptaient sagement ses apostrophes. L'heure était paisible; on n'avait aucune pitié de Taneran; Jacques était roi.

La brume engorgeait tout, maintenant, âcre et froide. Maud était à peu près sûre que son jeune frère ne pêchait pas au bord du Dior; elle éprouva cependant le besoin de descendre jusqu'au ruisseau.

En s'agrippant aux troncs des acacias pour ne pas glisser, elle atteignit la voie ferrée. Au bas de la colline qu'occupait la propriété, une source coulait vivement, par bonds rythmés. Comme Maud traversait le pré, le deuxième train, qu'elle entendait siffler depuis Semoic, passa très vite dans le brouillard.

Alors, dans le cirque de roseaux qui bordaient les berges, entre les deux moulins de Semoic et d'Ostel, Maud aperçut, flou comme une ombre mais cependant effroyablement précis, le cadavre d'une femme. Elle poussa un cri, et, instinctivement, remonta à toute allure.

A mi-côte, elle s'arrêta, redevenue brusquement lucide, comme si elle se fût sentie tout à coup hors de l'atteinte de la peur. Qui était cette femme?... Elle n'avait pas reconnu le visage, ne l'ayant vu qu'à travers la pénombre. Sans aucun doute l'inconnue s'était noyée dans les parages, du côté du moulin de Semoic, le long des prés qui continuaient jusque dans la vallée le domaine d'Uderan. Cette idée lui fut brusquement insupportable, et elle ne put se décider à repartir.

Au bout d'un instant, elle comprit que son cri n'avait pas été entendu. Un instant de prudence la poussa à n'alerter personne. Si elle allait s'assurer que la noyée n'était pas arrêtée par les joncs devant la propriété? Et si elle y était, qu'y pourrait-elle? Avant tout il fallait voir.

Le plus dur fut de redescendre le pré qu'elle traversa aussi calmement que si quelqu'un l'avait épiée.

Arrivée à la berge, elle s'agenouilla sur le sol, afin de voir le plus loin possible sur la rivière.

Tantôt hésitante, tantôt docile, la noyée se laissait emporter par le courant. Maud la suivit des yeux jusqu'au moment où le corps balancé dépassa leurs prairies et s'enfonça lentement dans les bois d'aulnes qui séparaient les terres des Pecresse des leurs. Avant le coude que faisait la rivière à cet endroit, à la dernière lueur du jour Maud distingua les deux tresses noires qui traînaient le long de son corps...

Lorsqu'elle fut arrivée à la hauteur de la route, une forme fit reculer Maud : sa mère! Plus que jamais, elle sentit combien Mme Taneran, plus sensible, plus impressionnable que ses enfants, devait être ménagée.

— Il y a un moment que j'attends et que j'appelle. D'où viens-tu?

La voix tremblante de la vieille femme disait sa faiblesse.

— Du Dior, pour voir si Henri n'était pas là. Il doit être chez Barque.

— La Dedde nous a invitées toutes les deux, ajouta Mme Taneran. Je t'avoue que ça me change agréablement des Pecresse.

A moitié rassurée, elle repartit sur l'entretien qu'elle avait eu avec leur voisine, l'autre soir.

— Figure-toi que cette folle de Pecresse est venue te demander pour son fils. Les gens d'ici ne doutent de rien! D'autant plus qu'elle ferait doublement une bonne affaire. Jean a une liaison par ici, la fille Dedde a dû te le dire, d'ailleurs.

Maud écoutait à peine, sans comprendre. Les mots sifflaient à ses oreilles, martelaient sa tête remplie de vertiges. Elle se retenait de manifester l'affreux dégoût qu'elle éprouvait et dont elle ne distinguait pas l'origine.

— Qu'est-ce que tu as, Maud? Ça va mieux que tout à l'heure, mon petit...

Sa mère lui prit le bras, mais elle se dégagea avec colère et prit un pas rapide.

Mme Taneran la suivait avec peine et répétait sans pouvoir saisir la portée de ses mots :

— Quelles vacances, mon petit! Nous sommes deux malheureuses, vois-tu, et, par moments, je me dis que si tu n'étais pas là ce serait pis...

Lorsqu'elle fut attablée en pleine lumière, la fatigue fondit sur Maud, aussi lourde que si elle eût accompli une corvée au-dessus de ses forces. Tout devint plus simple, du moment qu'elle était lasse. Son angoisse ne l'empêchait pas de bavarder et de manger de bon appétit. Mme Taneran, rassurée, amusait les métayers.

A la fin du repas, on frappa à la porte. C'était Alexis le domestique de Pellegrain. Il revenait de Semoic un peu ivre, une lampe-tempête à la main.

— Paraît que la poule à Pecresse s'est supprimée. Vous savez bien, celle qui était serveuse chez Barque?

97

Maud ne broncha pas. Lorsque Alexis fut parti, la Dedde se tourna vers elle :

— Tout le monde sait que vous avez découragé le jeune homme. Ne vous en faites pas, mademoiselle Grant. D'ailleurs, il attendait un prétexte pour l'abandonner. C'était une pauvre petite. La Pecresse, telle que je la connais, elle doit respirer !

Le soir, au lieu de rentrer à Uderan, Maud alla chez Barque comme elle l'avait décidé.

L'auberge Barque se trouvait à l'entrée de Semoic, dans un vieux moulin. On l'appelait ainsi du nom du nouveau propriétaire. La bâtisse haute et décrépie avait été à peine modifiée depuis que le moulin était désaffecté. Seule l'agrémentait une petite terrasse qui donnait sur le Dior, avant le barrage, à l'endroit le plus évasé de la rivière.

Du Pardal, de Mirasmes, d'Ostel on y venait, le soir, s'y amuser; c'était une façon de prendre l'air et de faire une promenade le long du Dior.

La salle se trouvait donc au-dessus de l'eau; on y accédait par un petit pont de bois. Barque l'avait aménagée dans le goût paysan : des tables recouvertes de cretonne entouraient la place dallée où, à l'occasion, on dansait. Face à la porte qui donnait sur le balcon, un petit comptoir de style moderne, en aluminium, et des tabourets rappelaient les guinguettes parisiennes. Derrière, se tenait Barque, jeune encore, en chemisette impeccable. Il passait les trois mois d'été à Semoic pour raison de santé, ensuite il rentrait à Paris où il tenait un bar.

De la route, Maud entendit les cris des chercheurs qui battaient les fourrés et ceux des rameurs
qui s'interpellaient de loin en loin dans la brume.
Le scandale qui tenait les gens en éveil, ce soir-là,
lui parut un bon prétexte pour retrouver Georges.

Porte close, on dansait chez Barque. Une fumée
épaisse créait dans la salle comme une atmosphère
anonyme. Parmi les danseurs elle reconnut ses
deux frères, et, à une table, du côté opposé à la
porte d'entrée, Georges Durieux.

Appuyé au mur, il la regardait en fumant. Ses
gestes nerveux et l'expression de son visage indi-
quaient qu'il contenait mal une impatience
joyeuse. Il donnait enfin l'impression de l'avoir
attendue, lui aussi, sans toutefois chercher à la
revoir, pour des raisons que Maud ignorait toujours. Jamais elle ne l'avait compris comme ce soir,
aussi clairement.

Comme chacun épiait les nouveaux venus, on
remarqua l'entrée de la jeune fille, et Jacques lui
lança un regard interrogateur qui, en d'autres
temps, l'eût fait frémir.

Dès qu'elle le vit, elle s'aperçut du trouble de
son frère. Ni une femme ni la danse ne pouvaient
lui donner cet air de vivre intensément dans le
moment présent. Il ressemblait à une bête sauvage
qui, tout en marchant dans la forêt, ne cesse de
guetter le danger. Quoi qu'il fît, la porte d'entrée
le fascinait; il regardait Barque à tout instant avec
la confiance naïve d'un enfant qui a peur.

Le gramophone ne cessait presque jamais de jouer et les danseurs prenaient à peine le temps de se reposer entre les deux danses.

Pourtant, dès la première trêve, Jacques et Henri vinrent vers leur sœur, intrigués.

— Qu'est-ce qui se passe?

— Rien, je m'ennuyais, c'est tout.

Ses frères ne furent pas satisfaits de cette réponse. Henri haussa les épaules et Jacques cria à Barque, d'une voix gênée :

— Tu t'occupes de ma sœur, Barque?

Pendant un instant on la lorgna avec curiosité et méfiance. Barque lui apporta un verre d'alcool, et sans lui dire un mot, reprit sa place derrière le comptoir.

L'atmosphère entre deux danses était étrangement silencieuse et peu rassurante, comme si la musique masquait un trouble général.

Les gens dansaient, se reposaient et buvaient, entraînés dans une sorte de rythme aussi régulier que celui d'une gymnastique.

Maud remarqua que son frère aîné et Georges ne s'adressaient jamais la parole.

Plus jeune que Jacques, Georges paraissait être du même âge que lui. Le fils Grant avait en effet cet air de jeunesse apparente que présentent les ratés, les jouisseurs, ceux qu'aucune responsabilité réelle ne vieillit et qu'aucune habitude n'embourgeoise. Sa passion des femmes l'incitait à toujours courir l'aventure et l'empêchait de s'engourdir dans une liaison quelconque.

Leur différence d'âge se sentait d'autant moins,

que Durieux au contraire était revenu de bien des choses. Il ne tirait ni orgueil, ni cynisme de l'existence aussi amollisante qu'il menait alors que Jacques se prévalait de sa fainéantise aux yeux de quiconque. Celui-ci préférait, prétendait-il, ne se consacrer à aucune des multiples possibilités qu'il s'accordait, de crainte de contrarier ou d'éteindre les autres. Il aimait éprouver à chaque instant de sa vie cette jeune illusion de pouvoir encore tout entreprendre.

— Moi, je devrais écrire, mais vois-tu, lorsqu'on écrit, on est à moitié fini, on est diminué, ça vous use, c'est dégoûtant... Et puis, pourquoi faire?

Peut-être n'était-ce pas la paresse seule qui dictait ces paroles à Jacques Grant. L'inanité de l'existence humaine lui était devenue un article de foi.

Rien d'essentiel n'avait sans doute encore traversé la vie de Georges. Il en souffrait évidemment et avait pour habitude de se retrancher, silencieux, derrière sa déception. Il avait l'air de prendre si peu d'intérêt à la vie et aux gens, qu'on le supposait riche de rêves et doué d'une espèce de félicité intérieure.

Ce soir, tout cela se révéla d'un coup à Maud, bien qu'elle eût cru pendant longtemps que Durieux et Jacques se ressemblaient profondément.

Sur les tabourets du bar se tenaient des jeunes filles. Henri devait les connaître. Il leur parlait avec une grande familiarité, les tutoyait, les prenait par la taille. Celles-là n'étaient pas des paysannes, mais des jeunes filles de Bordeaux qui passaient leurs vacances dans le pays. Si Henri menait une vie dépravée, il inspirait confiance, il était sympathique. Aucune contrainte n'avait exercé sa méfiance, n'avait freiné sa course ailée vers le plaisir. On sentait, bien qu'il fût très jeune, qu'il possédait déjà une expérience réelle de l'amour; il aimait chastement et avec la tendresse d'un enfant.

Jacques orchestrait toute la séance, payait des tournées, demandait la musique. A un certain moment il vint à Henri et lui dit quelque chose, l'air excédé, en lui montrant Maud du doigt. Mais son jeune frère haussa les épaules et recommença à danser.

Jacques monta alors au premier étage par un petit escalier que Maud avait pris jusqu'ici pour une porte dissimulée par le comptoir. C'était l'appartement de Barque. Les gens s'y réunissaient en cercles plus intimes, soit qu'ils ne voulussent pas danser, soit que la musique les gênât pour bavarder.

Avant de monter, alors qu'il semblait ne pas s'être intéressé à Maud jusque-là, Jacques lui parla sèchement :

— Il faut que tu files maintenant, tu entends? J'ai payé ta consommation...

Mais elle n'avait pas plus envie de partir que de lui obéir. Le verre d'alcool que lui avait servi Barque lui donnait une hardiesse agréable. Son frère s'en alla sans insister. On recommença à danser dans la pénombre enfumée.

Lorsque Georges, à son tour, se leva, Maud crut qu'il se disposait à s'en aller. Décidée à le suivre, passant outre au malencontreux effet que cela pourrait avoir, elle esquissa le geste de se lever.

Peut-être le comprit-il, mais il n'eut pas l'air de le remarquer.

Elle lui dit qu'elle était venue pour le voir. Elle avait ainsi des moments d'incroyable audace.

– Pourquoi, du jour au lendemain, avez-vous cessé de venir? Ce sont des choses qui ne se font pas...

Il fit mine de prendre sa remarque pour une de ces exagérations mondaines dont il est de rigueur d'user quelquefois. Non, il ne voulait pas s'asseoir.

– Je vous raccompagnerai tout à l'heure si vous le permettez.

Elle vit son regard égaré par un désir si violent de sa présence, qu'il en perdait son assurance, sa fermeté ordinaires. D'un seul coup éclatait sur le visage de cet homme une longue contrainte : jusqu'ici il l'avait dominée et s'était tenu, léger, aérien, au sommet de la vague puissante de son désir refoulé. Maud comprit qu'il se laissait maintenant submerger même par la défense qu'il s'était imposée, qu'il perdait tout à coup son irréalité, s'abandonnait d'un seul bloc à cette vague amère, profonde, de son désir. Cela se fit et se défit dans une secousse, lorsqu'ils se regardèrent, en l'espace d'une seconde. Georges repartit à sa place. Cet instant laissa en Maud des lueurs brillantes et chaudes. Elle eut la sensation d'être heureuse et crut que le bonheur était l'apanage de ces moments magiques où toutes les difficultés se dissipaient, au sein même du désordre que crée une catastrophe.

Lui, à vrai dire, pensait moins à Maud depuis quelque temps, parce qu'il faut à l'homme, pour qu'il se souvienne, un commencement de possession, un engagement. S'il l'avait remarquée lors du dîner d'Uderan, cela n'avait pas été indifférent à Jacques qui ne pouvait souffrir de se voir fruster d'un ami. Pour éloigner Georges il avait inventé :

— Vous ne saviez pas que ma sœur était fiancée à Jean Pecresse? Ils se marieront à l'automne.

(Il le désirait secrètement. Pecresse aurait servi une rente sur Uderan, qui aurait bien arrangé ses affaires.)

Il avait fallu un certain temps à Durieux pour ne plus revenir au domaine. Il évita de passer par Uderan. Les paysans confirmaient ce que disait Jacques Grant. Ce mariage lui paraissait odieux; il s'était tout de même écarté, parce que Maud n'était sienne ni par un mot ni même par un baiser.

Maintenant qu'elle était là, ce soir, il se sentait libéré de l'interdiction qu'il s'était imposée. Et tout à coup il se sentit diaboliquement heureux que ce contretemps ait eu lieu, parce qu'il donnait à son aventure une profondeur inattendue.

*

Alors que personne ne l'attendait, Jean Pecresse pénétra dans la salle.

Barque se précipita et arrêta le gramophone. Les gens accoururent, les femmes en avant, avec des cris indécents.

— Alors, rien?

— Mon pauvre vieux, assieds-toi...

Jean Pecresse les regarda d'un air hagard.

— Rien, dit-il.

En apercevant Maud, il se fit sans doute une fausse idée sur sa présence, et la crut là pour lui... Sans politesse, comme il est permis de le faire dans certaines circonstances, il s'assit en face d'elle. Son visage décomposé était celui de quelqu'un que la peur vient d'éprouver. (La plus étonnante, celle d'avoir provoqué la mort.)

Perfidement, la musique couvrit son entrée et les gens dansèrent de nouveau. Il devait être à peu près minuit. Georges Durieux ne bougeait toujours pas, se contentant de temps en temps de commander un nouveau verre d'alcool.

Jean Pecresse dit à Maud sa joie de la voir. Il déplaisait à la jeune fille que Jean vînt à sa table, profitant ainsi indélicatement de la situation. D'autant plus qu'il buvait beaucoup et que l'alcool agissait vite sur ses nerfs surexcités.

— Vous ne saviez pas qu'elle était servante ici? On le dirait pas, hein, à les voir danser? Je n'y venais plus depuis quelque temps; je sais mal ce qui s'est passé.

Maud pensa : l'air gêné de son frère, la complicité de la salle entière et celle plus ou moins claire de Georges..., mais non, elle crut que Jean Pecresse, épouvanté par la mort de sa maîtresse, cherchait à se décharger sur un autre d'une lourde responsabilité.

— Si je demande des explications à Jacques, continuait le jeune homme, il me tombera dessus. Mais on le saura; je le dirai dans le pays.

Il buvait grossièrement, verre après verre, comme un gars de la campagne, faisant claquer sa langue après chaque gorgée, appelant Barque à tout moment d'une voix coléreuse et vulgaire. Mais personne ne le provoquait et on évitait de lui adresser la parole. Seule, Maud restait auprès de lui, prise entre le désir de ne pas le laisser médire de sa famille et celui de ne pas manquer Georges, encore une fois.

— Pourquoi dis-tu que c'est mon frère qui l'a poussée à bout? C'est lâche de ne pas reconnaître que tu l'avais plaquée depuis longtemps. Si mon frère l'a employée ici, c'est tout à son honneur.

Jean Pecresse éclata d'un rire forcé.

— Tu entends, Barque? C'est à l'honneur de monsieur Jacques s'il m'a débarrassé de la petite! Quel esprit de famille! Dire que tu l'as même pas payée, sans doute, mon vieux salaud de Barque. Allez, remets ça deux foix, tu me le dois bien!

Barque s'exécuta aussitôt, rapidement, les yeux baissés, décidé à encaisser toutes les vexations.

Se penchant vers Maud, Jean ajouta, déjà ivre et d'une gaieté nerveuse et cynique qui n'était encore qu'une forme de son épouvante :

— Si on buvait à nos fiançailles? Vous ne savez donc pas que c'est par amour pour vous que je l'ai plaquée?

Il se levait et se rasseyait sans cesse, lourdement. Maud s'aperçut avec soulagement que nombre de clients s'en allaient. Barque à son comptoir, Georges au fond de la salle paraissaient ne s'apercevoir de rien. La musique avait cessé.

— Vous comprenez que si vous refusez, ça ira mal. Votre mère est allée jusqu'à emprunter à la mienne l'argent des meubles de votre frère. C'est de l'orgueil, ça! On sait ce que vous valez par ici...

Maud ignorait ce détail, mais il ne l'étonna guère.

Jean Pecresse s'affala, la tête dans les bras, et une lourde respiration s'éleva. Maud n'eut guère le temps de réfléchir sur les révélations du jeune homme. Un bruit de voix se fit entendre au premier étage et la porte qui donnait sur l'escalier s'ouvrit avec un bruit qui, par rapport au silence qui maintenant régnait dans la salle, éclata comme le tonnerre. Barque se précipita pour prévenir Jacques. Pecresse qui se réveillait cria des injures d'une voix pâteuse et menaçante.

A ce moment, Georges se dressa face à l'escalier et Maud se plaça devant lui. Craintivement, les derniers invités se groupèrent derrière eux. Maud vit son frère sur le palier et comprit que les gens l'engageaient à ne pas descendre.

Maud s'aperçut alors que Georges se trouvait derrière elle, prêt à la toucher. Mais elle éprouva soudain un tel désir de voir redescendre son frère qu'elle n'en fut pas émue. Jacques était-il capable de s'éclipser devant Pecresse? Elle seule, sur laquelle il régnait depuis des années en frère aîné, en chevalier de la famille, se sentit capable de l'atteindre dans sa vanité.

— Je crois qu'il est temps de rentrer, Jacques.

Il dit bien haut, d'une voix blanche :

— Ma sœur a raison, il est temps de rentrer, mon vieux Barque...

Il descendit et apparut à la lumière d'une telle pâleur qu'il en était méconnaissable. Lentement, il alla à Pecresse; il reprit vite ses esprits en voyant que le jeune homme était soûl. D'un geste noble, il lui mit la main sur l'épaule :

– Ce qui t'arrive est affreux, Jean, et je compatis sincèrement à ton malheur. Voilà ce que c'est que d'encourager une femme! Ta colère ne tient pas debout, Pecresse. Tu sais que j'ai tout fait pour te rendre service. Rappelle-toi ce que tu m'as dit, il y a quinze jours. Je suis un brave type, tu le sais. Il y a quinze ans qu'on se connaît...

La poigne de fer qui écrasait son épaule empêchait Pecresse de se lever; de sa main chancelante, il semblait éluder les paroles de Jacques Grant, mais il ne répondit rien. Alors Jacques profita de la situation avec un sang-froid et une adresse admirables.

– Allez, buvons un coup ensemble pour oublier cette sale affaire! Maud, viens trinquer avec nous! T'en fais pas, Pecresse; je connais ton idée sur ma sœur, et je peux te rendre plus de services que tu ne le penses.

Personne ne vint à leur table. Les clients les entourèrent et flattaient Pecresse qui continuait à boire.

Comme Maud allait sortir on entendit une rumeur au dehors et des hommes entrèrent. L'un d'eux alla vers le meunier; il enleva sa casquette; il transpirait beaucoup; ses molletières étaient trempées, son costume humide. C'était un des chercheurs. Il regarda avec une sorte de mépris l'assistance et s'adressa à Barque :

– On l'a retrouvée après le bois, devant le champ des Pecresse, prise entre les roseaux au tournant du Dior là où il n'y a pas de courant.

D'un bond, Pecresse et Jacques Grant furent debout.

Pecresse les regarda, l'un après l'autre. Il sauta drôlement d'un pied sur l'autre, fondit enfin en sanglots, en répétant sourdement avec une telle impudeur que personne n'eut pitié de lui : « A l'endroit même où on se rencontrait depuis des années, ça va faire quatre ans depuis mon service militaire... »

Bientôt, d'autres paysans entrèrent. Ils dédaignaient de répondre aux questions des clients, ils ne connaissaient que Pecresse dans l'assistance. Ils lui expliquèrent :

– On l'a laissée sur la berge. Demain, le maire viendra faire le constat. Il n'y a pas de raison, parce qu'elle était seule...

Maud crut qu'on l'avait vue dans le pré du Dior; mais elle dut bientôt se rendre à l'évidence : personne ne la regardait, et les paroles des paysans n'avaient rien d'équivoque. Elle reprit donc son calme, un calme tel qu'il l'empêchait d'éprouver la moindre sensation.

Elle osa enfin regarder son frère : celui-ci quittait ses amis. Une satisfaction se peignait, discrète, mais évidente, sur son visage.

*

Barque ferma. Il faisait encore nuit noire lorsque Maud se retrouva seule sur la route, étant partie avant tout le monde.

Plus elle essayait de reconstituer le drame de la nuit, plus elle s'effrayait de l'attitude de son frère, lâche et ardent à la fois. Comme il s'était montré étrangement conciliant! Le visage qu'il avait, alors qu'il redescendait l'escalier, passait et repassait devant ses yeux, narquois et rempli d'épouvante, sans qu'elle réussît à en saisir le secret.

Ne venait-elle pas sans le savoir de prêter main-forte à Jacques en n'avouant pas que la jeune fille ne s'était certainement pas suicidée devant chez les Pecresse? Elle ne regrettait pas d'avoir de la sorte encouragé son frère à affronter Jean, mais elle comprenait tout de même qu'elle n'aurait aucun repos avant d'avoir une certitude quelconque. Maud s'abîmait dans des hypothèses insensées, et parfois le doute l'entraînait très loin; le mal prenait alors une forme si étrangère à celle qu'elle lui connaissait jusqu'ici, qu'elle en soutenait mal la vision.

Ce fut au carrefour de la grand'route de Bordeaux et du chemin de Semoic que Georges la rattrapa. Elle n'en fut ni heureuse ni surprise. Georges l'aborda brutalement :

— Ce qu'a dit Jean Pecresse est vrai; votre frère a rendu la vie impossible à cette pauvre fille. Il s'est mis à la haïr après l'avoir honteusement possédée; j'en sais trop maintenant pour me taire. Il y a des choses qui, même si elles ne vous atteignent pas, vous atterrent. J'ai tout fait pour l'empêcher d'agir de la sorte, par égard pour vous et pour votre mère, mais c'est un sale individu...

Maud n'ignorait pas quel genre de martyre pouvait infliger Jacques à une femme qui commençait à lui déplaire. Néanmoins elle se demanda pourquoi Georges avait tenu à assister à la séance de la nuit dans ces conditions.

Elle esssaya encore de défendre son frère, machinalement.

— Pourquoi accablez-vous Jacques? Je vous

croyais son ami. D'ailleurs, s'il était aussi coupable que vous le dites, il ne serait pas allé aussi fièrement au-devant de Pecresse, tout à l'heure.

La voix de Georges perdit brusquement son indifférence coutumière. Elle prit une intonation que Maud ne lui connaissait pas, et où s'exprimait une colère qui perçait à peine.

— Il n'était pas fier, vous le savez bien vous-même, Maud. La petite était aussi l'amie de Barque duquel elle attendait un enfant. Ils ne l'ont jamais payée, et votre frère s'est ingénié à la pousser à bout... Je ne conteste d'ailleurs pas que Jean Pecresse ait joué un joli rôle là-dedans, loin de là. Mais je le connais depuis longtemps. Il ne l'aurait pas fait souffrir comme ça, il lui manque l'ingéniosité, le tempérament de Jacques...

Maud désirait que Georges s'arrêtât de lui parler de son frère.

— D'ailleurs, vous-même, devez faire attention, Maud, continua-t-il. Dieu sait ce qu'il va machiner pour récupérer la confiance de Jean Pecresse! Je ne vous connais pas, mais lorsque je vous ai vue l'encourager ce soir, j'ai compris combien il vous tient à cœur, et combien votre famille est unie autour de lui.

Il voulut rentrer à Uderan avec elle. Il parlait maintenant, sans qu'elle l'encourageât, ni d'un mot ni d'un geste.

Lorsqu'ils furent dans la salle à manger d'Uderan, il se passa un long moment sans qu'elle sût quoi lui dire. Elle avait l'impression qu'il se trouvait là par faiblesse, pour ne pas rentrer seul après cette nuit. Elle attendait cet instant depuis de longs jours, mais elle n'éprouva aucun bonheur à être auprès de lui, comme s'il eût été désormais trop tard pour s'aimer encore. Elle crut de nouveau ne plus rien éprouver pour Georges, et que tout se trouvait détruit, ses illusions, sa volonté d'être heureuse, sa force, sans qu'elle en sût la raison.

Georges fumait, adossé à la cheminée, et, de temps en temps, il reparlait de cette jeune fille, ne se lassant pas de préciser sa pensée. Tous deux arboraient un air de circonstance; ils prenaient malgré eux l'air gêné et sombre de gens qui se trouvent dans le malheur.

Maud crut que le moment d'avouer ce qu'elle savait ne se retrouverait plus. Il fallait qu'elle le dît à Georges. Une confidence aussi inattendue produirait un choc, romprait le mauvais charme qui agissait sur eux depuis cette nuit et peut-être le lui ramènerait. Elle murmura :

— Hier soir, après l'orage, je l'ai trouvée devant notre pré, en bas du chemin de fer. C'est là qu'elle s'est noyée sans aucun doute. Remarquez qu'on eût pu croire qu'elle s'y était échouée, mais c'eût été bien improbable après le moulin.

Georges ne répondit pas tout de suite.

— Ça ne m'étonne pas que vous ayez gardé le silence. Vous ne lui sauverez pas toujours la mise, heureusement...

Elle croyait qu'il lui trouverait de la fierté et fut dépitée. Maintenant, le moment hallucinant de son départ approchait, et, tout en se sachant charmante, elle sentait qu'elle n'avait plus le moyen de le retenir...

Tout à coup, on frappa plusieurs coups au volet. Il se passa un moment et la voix sourde et oppressée de Jacques Grant se fit entendre.

– Maud, ouvre!...

Une voix suppliante, empreinte d'une douceur enfantine. Maud fit un pas vers la porte du couloir. Georges la retint, et pour l'empêcher de répondre, il lui bâillonna la bouche de sa main. Ils attendirent un moment ainsi, et, bien que ce fût inutile désormais, Georges ne relâchait pas son étreinte; des larmes coulèrent sur sa main et il rapprocha Maud de son corps, la serra contre lui. La jeune fille comprit qu'il éprouvait la même délivrance qu'elle : ils sortaient ensemble d'une nuit épaisse et pénible. Georges se pencha et lui dit très bas :

– Il y a longtemps que je vous aime, Maud. Figurez-vous que Jacques prétendait que vous étiez fiancée à Pecresse. C'est pourquoi j'ai fui...

Jacques fit le tour de la maison : ils l'entendirent frapper aux volets des chambres, discrètement, sans impatience. Revenu à la salle à manger, il recommença d'appeler sa sœur. Tout en monologuant à voix basse, il écrivit quelque chose contre le volet. Pendant un instant, le maigre grattement d'un crayon raya le silence, puis Jacques glissa un billet dans l'interstice de la porte et s'éloigna.

Ils se précipitèrent, et Maud lut à voix haute l'indéchiffrable et minuscule écriture de son frère :

« Ma petite Maud, je te conseille de garder pour toi ce que tu as vu et entendu cette nuit. Tu es en âge de comprendre que notre mère, ne doit rien en savoir. – JACQUES. »

Georges dit d'un ton adouci :

– Je sais qu'il aime profondément votre mère, à sa manière...

Il fut frappé par l'expression d'exaltation qui se

peignit sur les traits de la jeune fille lorsqu'elle répondit :

— Nous l'aimons tous, si extraordinaire que cela puisse paraître, même Taneran, sa première victime. S'il rend les gens malheureux, il lui arrive quelquefois d'en souffrir et de regretter de ne pas être meilleur. Il va sans doute marcher toute la nuit comme un dément; c'est pour me parler qu'il est venu. Quand il est ainsi, il a peur de lui-même.

Elle eut une seconde l'envie de rappeler son frère, mais Georges la retint.

Comme autrefois, les Grant passaient leur dimanche chez leur vieil ami, un instituteur retraité qui habitait au Pardal, M. Briol. Pour la quatrième fois depuis leur arrivée, ils traversèrent ce matin-là leur grande propriété.

Dans le calme du dimanche, à peine si l'on entendait le Riotor qui murmurait au bas du plateau, réduit, depuis la grande sécheresse qui avait suivi la semaine d'orage, à un mince ruisseau. Les Grant s'engagèrent à travers les vergers de vieux pruniers et les vignes dont certaines, en proie à une sorte de folie végétale, projetaient de tous côtés de longs sarments.

Avant de couper par les bois de chênes qui s'étendaient à l'extrémité de leurs terres, au sud, ils longèrent la métairie du domaine. La fille Dedde se tenait sur le pas de la porte, prête à partir pour la messe. Elle se trémoussa et sourit à Henri, d'une façon qui exprimait si vulgairement une complicité récente, que le cadet des Taneran détourna la tête.

Quand ils furent sur la route, il prit prétexte

d'un vol d'oiseaux qui traversait le ciel ensoleillé, à une très grande hauteur, pour cacher sa gêne :

— Regarde, Maud!

Dans les yeux obliques et sombres de son jeune frère, Maud vit se refléter l'ombre des palombes. La tête renversée, il suivit le vol jusqu'au moment où celui-ci se fondit dans l'azur.

Lorsqu'ils atteignirent le chemin pierreux qui serpentait entre les vignes, Mme Taneran n'avança plus qu'avec peine. Elle avait grossi pendant ses vacances oisives et, malgré la fraîcheur matinale, elle se sentait lasse et s'avoua bientôt hors d'haleine.

— Je ne suis plus habituée à rien faire, je m'alourdis, gémit-elle en s'essuyant le front.

Son ton plaintif ne suscita la compassion d'aucun de ses enfants. Ses fils la devançaient : Henri baguenaudait, allant d'un côté à l'autre du sentier, comme un gamin. Jacques, déjà revenu des plaisirs de la campagne, s'arrêtait de loin en loin pour relancer sa mère d'un ton impatient :

— Alors, tu viens!

Dès qu'il sentait frémir en lui une insulte, elle lui sortait des lèvres. C'était là son honnêteté. Et s'il détestait les façons de Maud, c'était précisément parce qu'elle n'exprimait jamais ses sentiments aussi spontanément que lui. Il ne savait jamais quels effets produisaient ses insultes et son attitude sur sa sœur; car ses reproches se perdaient en elle dans un trouble mystère comme dans un lac sans courants. Sa mère disait toujours de son fils que, du moment qu'il était franc, il n'était pas si mauvais qu'on le prétendait. Sans doute, était-ce vrai dans la mesure où Jacques n'était pas plus dur qu'il le paraissait.

Il venait de recevoir une longue lettre de la banque Tavarès qu'il avait refusé de montrer à sa mère. Il se disait très inquiet et parlait de rentrer. Fallait-il voir là un prétexte pour quitter Uderan où on le délaissait sensiblement depuis quelque temps?

Depuis le suicide de la serveuse, Maud ne le voyait qu'aux repas. Il ne lui adressait plus la parole. Sans doute n'ignorait-il pas que Georges passait ses soirées avec sa sœur. Cet ami manquait chez Barque et lui échappait, ce qui l'humiliait secrètement. Maud pressentait qu'il ne s'amusait plus tant à Semoic et qu'une honteuse détresse le torturait depuis cette affaire. Elle savait par la fille Dedde que les gens venaient moins nombreux qu'autrefois à l'auberge.

Sans se l'avouer, il craignait sa sœur parce qu'il la soupçonnait d'être son ennemie la plus irréductible. Il n'était pas sûr qu'elle ne dévoilerait rien à leur mère s'il osait lui reprocher d'accaparer Georges Durieux, d'autant plus qu'il ne se sentait pas tout à fait certain qu'elle fût sa maîtresse.

Dans la douce lumière matinale, sa mère le considérait avec une tendresse triste, et on devinait, à son regard, qu'elle se posait à son sujet les éternelles questions torturantes. Pour la première fois, elle douta qu'il voulût toujours s'établir à Uderan et le lui avoua. Elle avait ainsi de ces maladresses incroyables, dont elle était consciente, d'ailleurs, mais qu'elle ne pouvait taire croyant qu'il y allait de son rôle maternel de les formuler.

— Les premiers temps, nous t'aiderions, lui dit-elle doucement. Je suis sûre que Taneran t'aide-rait. Je te garantis que ce vieux domaine a du bon par les temps qui courent...

Encouragée par son mutisme, elle continua :

— Vous jugerez plus tard que j'ai bien fait de ne pas l'avoir vendu. Je voudrais que tu me rassures, Jacques. J'ai déjà fait des frais énormes pour ton installation.

Avec mépris, il lui cria « de garder Uderan », si elle voulait y mourir, mais que dans ce cas, il envisagerait, lui, autre chose. Une discussion gros-sière s'amorça qui se termina vite, d'ailleurs, car chacun jugeait inutile de l'engager à fond. Par son dévouement insensé, Mme Taneran détruisait chez son fils, jusqu'au moindre désir d'évasion. Sa cons-tante ferveur irritait Jacques. On eût dit, parfois, qu'il reprochait à sa mère sa tendresse même et qu'il prenait conscience que, dans ce velours, il s'amollissait peu à peu. Néanmoins, il ne quittait pas sa famille, car leurs scènes, si scandaleuses fussent-elles, ne témoignaient jamais plus, chez Mme Taneran et son fils, que de l'état de leurs nerfs.

Ils prirent un raccourci par les terres des Pelle-grin. La Pellegrin qui les guettait au passage se joignit à eux. C'était la cousine germaine de la Pecresse. Sa « transformation » du dimanche la coiffait comme un bonnet dont la couleur fauve contrastant avec son teint écarlate et ses traits fripés, lui donnait un air équivoque de jeunesse prolongée, et faisait ressembler cette authentique paysanne à une fille de joie. On échangea quelques mots :

– Et le sourd? Toujours vaillant?

Le « sourd » c'était son frère, un sourd-muet qu'elle consentait à héberger, malgré l'aversion naturelle qu'elle éprouvait pour le malheureux. Il passait du reste pour le meilleur travailleur de la région. On le savait capable d'abattre à lui seul le travail de deux hommes. Aussi son beau-frère ne manquait-il pas de l'employer. Si la Pellegrin affectait de lui porter de la tendresse, personne n'ignorait au village que le « sourd » ne mangeait jamais à leur table familiale, et qu'il dormait dans une soupente.

Maud laissa sa mère avec la paysanne et voulut s'éloigner. Mais celle-ci lui dit avec un fort accent du Midi :

– Alors, la demoiselle, il fait bon dormir à Uderan?

Maud se sentit rougir comme sous un coup de fouet, mais répondit hardiment qu'en effet elle se trouvait fort bien dans le domaine. Elle s'aperçut que Jacques s'était arrêté et la regardait, minarquois et dédaigneux.

Le sourd venait à eux, vêtu d'une chemise propre, mais sans col, celle que sa sœur lui faisait mettre le dimanche, de crainte que quelqu'un ne le vît sale ce jour-là. Lorsqu'il aperçut les Grant, un large sourire craquela tout son visage et retroussa ses lèvres sur ses dents énormes. Un son étouffé et triste sortit de sa gorge qui devait exprimer sans doute son contentement. Mais il ne s'arrêta pas et s'éloigna vite, la bouche ouverte.

Ils passèrent à la ferme du Gros-Chêne, puis arrivèrent au Pardal. Quoique le village fût bien plus loin d'Uderan que Semoic, les Grant avaient coutume d'assister à la messe du Pardal, à cause du curé qu'ils connaissaient.

Pendant l'office, Maud remarqua que ses frères étaient furieux autant que gênés de s'être fourvoyés dans un lieu pareil. Le dimanche se terminait invariablement par une scène; les fils Grant voyaient dans le fait d'assister à la messe un traquenard où leur mère réussissait chaque fois à les faire tomber. Et déjà, le jeune Henri reprenait pour l'accuser les mêmes arguments que son frère aîné. Ce détail insignifiant illustrait remarquablement un des traits du caractère Grant : leur prodigieuse faculté d'oubli! Qu'attendaient-ils, en effet, de ces dimanches d'un mortel ennui, pour s'illusionner ainsi, chaque fois, sur leur immuable déroulement? Ils trahissaient par là leur incurable faiblesse. A peine s'engageaient-ils sur la route du Pardal, qu'ils ne doutaient plus en effet de l'ennui qu'ils allaient subir. Cependant jamais ils n'avaient fait demi-tour, et, par dépit, ils s'ingéniaient alors à se rendre la journée infernale. Mais ils savaient conserver une apparente dignité, car ils étaient aussi téméraires devant leur mère asservie qu'ils étaient lâches devant le scandale. Aussi, pendant l'office, se tenaient-ils au premier rang du chœur avec un air à peine un peu humble et ravi, enfin de rendre hommage à la confiance des Pardaliens qui leur laissaient la première place à l'église. Ceux-ci se reculaient encore plus, semblait-il, derrière eux, afin de souligner le rang social des Grant.

Quant à Mme Taneran, elle ne priait que par intervalles, se laissait facilement distraire par les gens qu'elle reconnaissait et auxquels elle souriait.

La perspective de la journée ne la troublait nullement.

Maud mesurait encore une fois la différence qui
existait entre cette femme, à l'expression reposée et
distraite et la créature accablée qui deviendrait
leur mère, au retour, lorsque ses fils la chargeraient
comme un baudet du poids de leur mauvaise
humeur. Mme Taneran possédait une énergie singulière qu'elle économisait pendant ces brèves
minutes d'une distraction profonde. La grâce lui
en venait de l'habitude d'une existence dont elle
déjouait tous les jours les coups.

Tous les paysans du Pardal assistaient à la
grand'messe : les femmes, à droite du cœur, vêtues
pour la plupart de satinette noire qui se tendait sur
leur dos rond de travailleuse; les hommes, à gauche, moins nombreux. Quoi qu'il fît beau, le soleil
pénétrait, pâle, à travers les vitraux. Autour d'un
vieil harmonium, installé sur une estrade, le chœur
chantait; la mère du curé, la couturière installée
au Pardal depuis vingt ans, et la dernière venue,
l'assistante à la maternelle, composaient la chorale
du Pardal.

Maud songeait à Georges Durieux. Depuis la
soirée de Barque il venait chaque soir à Uderan, en
se cachant. Ils se tenaient dans la salle à manger,
portes closes, et elle admettait difficilement la
crainte que Georges éprouvait de son frère. De
même, elle comprenait non moins difficilement
l'attitude de Georges envers elle. Elle eût préféré le
voir comme elle l'avait imaginé, violent et sans
scrupules, et prenant dans sa vie dominée par lui la
place que tenait son frère. C'était son premier
amour, et elle ne doutait pas que ce dût être le

seul, parce qu'elle ne pouvait pas se passer de la présence de cet homme. Cependant, lorsqu'il lui parlait d'un mariage, elle trouvait l'idée naïve. Quelque chose lui semblait invincible chez Georges, une foi en elle, qu'il imaginait de toutes pièces et à laquelle elle ne trouvait aucun fondement; ce manque de perspicacité la choquait et l'impatientait en même temps.

*

La maison de M. Briol, l'instituteur retraité du Pardal, se trouvait sur un terrassement occupé dans sa partie basse par l'église; dans la partie la plus haute se trouvait le presbytère. La terrasse fortifiée, et transformée en potager continuait un cimetière abandonné qui en constituait le fond. De là, la vue s'étendait assez loin, car le paysage descendait en pente douce sans qu'aucun obstacle en coupât le profil, sinon, en son milieu, une petite rivière bordée d'ormes. A travers le dévalement, serpentait une route très blanche que la masse du Pardal cachait d'abord en partie.

Dans le jardin abrité et sans ombre, il faisait très chaud. Pendant que Jacques et Henri allaient et venaient dans le petit chemin de ronde le long de la terrasse, Mme Taneran et Maud s'accoudèrent au petit mur qui surplombait la vallée. Lorsque Jacques arrivait à la hauteur de sa mère, il proférait, les dents serrées :

— C'est la dernière fois, tu entends, la dernière!

Mme Taneran ne répondait pas. Elle essayait seulement de l'apaiser en lui opposant un sourire contraint. La pauvre femme n'avait jamais remarqué combien cette attitude exaspérait encore plus son fils. Maud, les yeux un peu éblouis par le soleil de midi, paraissait soucieuse. Pourquoi les paroles de son frère s'imprégnaient-elles ainsi en elle? Lui, martelait le chemin, nerveusement et tournait comme une bête en cage qui ne parvient pas à trouver une issue.

Plus encore que l'autre soir elle formulait intérieurement un jugement impitoyable qui eût atterré Jacques s'il l'eût deviné. Il se croyait en effet le plus aimable des hommes, le plus digne des charges de sa famille. Jamais encore Maud n'avait mesuré si nettement le mépris qu'il méritait qu'on lui vouât. Depuis qu'elle connaissait Georges Durieux, elle saisissait la nature profonde de son frère, d'abord parce qu'ils en parlaient fréquemment ensemble, et ensuite parce qu'il lui apparaissait maintenant sans gravité que Jacques fût ou non méprisable. Son amour pour Georges libérait son esprit d'une dernière et fragile contrainte et elle tenait la clef de ce mystère.

Ce que jusqu'ici elle subissait obscurément comme une réalité indiscutable, elle en comprenait enfin la nature. Cette victoire de la lumière l'enivrait. Les arguments accablants se précisaient dans son esprit et elle pensa qu'elle en ferait part à Georges, le plus vite possible, dès ce soir même, car l'amour de celui-ci gagnerait, elle ne savait quelle profondeur, quelle perversité nouvelles à accueillir de telles révélations...

La colère lui faisait battre les tempes, mais elle restait au fond dans un enthousiasme joyeux. Tout à coup, la force qu'elle se sentait lui fit prendre en

pitié sa mère qui souffrait toujours aussi aveuglé-
ment d'une tyrannie qu'il était si facile pourtant de
déjouer. Elle posa sa main sur la sienne. Mme Taneran ne comprit pas le sens exact de ce geste,
mais, s'étant retournée, elle rencontra les yeux de
sa fille et elle retira sa main...

La sœur de l'instituteur arriva. Presque aveugle,
elle marchait d'un pas lourd, et en plein jour, ses
vêtements apparaissaient d'une saleté repoussante.
Dans chaque ride de son vieux visage dormait un
fin sillon noir qui la faisait paraître plus profonde.

— Vous regardez le jardin? dit-elle. Ah! il est
devenu bien laid depuis que le petit est mort!
Depuis l'automne, je ne l'ai pas touché...

Le petit, c'était leur frère cadet, disparu l'année
précédente, instituteur lui aussi dans un village
voisin.

Elle avait l'air ennuyé. Chaque dimanche, la
venue des Taneran lui imposait un sucroît de
travail. Il n'y eut jamais que Maud, qui, bien plus
tard, le comprit : la vieille eût préféré ne pas les
voir, car l'impétuosité et la sollicitude de Mme Taneran ne lui avaient jamais plu. Sa préférence
allait à Henri qui, enfant, venait prendre des
leçons de latin chez son fils.

M. Briol avait vieilli. Il fit son entrée en chan-
tonnant et se dirigea gentiment vers sa mère pour
l'encourager. La bonne femme marmonna quelque
chose, et l'on se mit à table.

Le déjeuner fut maussade. D'habitude, on ne se
tenait pas dans cette salle à manger où les meubles
semblaient recouverts d'un voile de poussière,
mince comme une gaze. Des mouches grisées par le

soleil se précipitaient violemment contre le plafond...

Les yeux fixes, Maud regardait sans le voir le jardin où les oiseaux passaient par bandes joyeuses pendant que Mme Taneran parlait avec intermittence. A un moment, le vieux Briol essaya d'amuser Henri par le rappel de leurs souvenirs communs, mais il comprit vite que ce qui amusait autrefois son élève n'arrivait même plus à éveiller son attention. Henri, comme Jacques était devenu indifférent à tout ce qui n'était pas son plaisir.

Après les vêpres, ils rentrèrent, las. Le jour enfin déclinait. Dès que le Pardal disparut, Mme Taneran dit, pour prévenir la scène rituelle :

– Je pense que si tout va bien nous repartirons vers la fin de la semaine...

Ils se turent. Elle venait d'exprimer le vœu qu'obscurément ses fils espéraient. Rien, maintenant, rien n'aurait pu les retenir à Uderan. Maud se sentit envahie par une amertume qu'atténuait, il est vrai, un sentiment de détachement si immense, qu'elle crut ne les avoir jamais aimés.

Le chemin s'étirait sous leurs pas. La masse muette d'Uderan apparut. Ils la contournèrent et se dirigèrent vers la demeure hostile de Mme Pecresse.

Pendant le dîner, Mme Taneran annonça son départ avec une insistance presque déplacée. La Pecresse ne s'y attendait pas. Elle présagea aussitôt la catastrophe qui allait s'abattre sur sa famille. Une fois Maud partie, que deviendrait son fils?

Non seulement Maud s'écartait de lui, mais, depuis le suicide de son amie, il passait au Pardal pour un garçon malhonnête auquel on aurait hésité à donner sa fille en mariage.

Dans l'esprit de la Pecresse c'était par amour pour Maud que son fils avait renoncé à sa maîtresse. Elle ignorait que Jacques, à son tour, l'avait abandonnée et maltraitée. Elle s'en tenait toujours au début du drame et croyait à la culpabilité de son fils. Heureusement pour les Grant, elle se morfondait de dépit et ne tentait pas de savoir la vérité.

La Pecresse connaissait la faiblesse de son enfant qui s'entêtait, comme elle, à obtenir ce qu'il désirait. Aussi, depuis la nuit tragique, craignait-elle le pire, qu'il la laissât par exemple. Le mépris que lui portait son fils depuis quelque temps était pour la Pecresse aussi affreux que la perspective de sa propre mort. La seule façon de tout arranger encore, n'était-ce pas de retenir Maud à Uderan? Même si Mlle Grant se révélait être une jeune fille dont la réputation n'était plus intacte, même si elle fût devenue par la suite l'objet d'un scandale public, il était certain qu'elle restait enviable et que Jean ne cessait de la désirer davantage.

Pourtant, pendant le dîner, la Pecresse ne laissa rien paraître de son inquiétude. Elle fit son possible pour se montrer aimable et essaya de faire oublier ses erreurs envers les Grant. Toute à son œuvre personnelle elle ne se demandait pas si ses projets ne compromettraient pas l'existence même de la famille Taneran, déjà en apparence si désunie. Mais, si elle s'en fût rendu compte, elle n'en eût pas moins persévéré dans son dessein, parce que sa passion était devenue la loi suprême de sa conduite.

Ce soir-là, Maud Grant repartit très tôt pour Uderan.

Elle courut d'une seule traite jusqu'à la haie de néfliers, où, quinze jours auparavant, elle avait éconduit Jean Pecresse. Là, elle s'arrêta un moment pour reprendre haleine.

Il faisait clair bien que la lune ne fût pas encore levée.

Sur sa droite, dans la vallée du Dior, la brume s'amassait, d'une légèreté d'écume. De l'autre côté du sentier, le plateau d'Uderan s'étendait à perte de vue, immobile et nu.

Quel exécrable dimanche! Depuis le matin quelque chose avait couvé, d'instinct : leur détermination dernière, celle de quitter Uderan. Il n'en aurait pu être autrement pour conclure une pareille journée. Ensuite, comme ils s'étaient sentis légers en revenant chez les Pecresse!

Cependant, dès qu'elle fut seule, Maud se sentit aussi éveillée que si elle eût dormi tout le jour. D'un seul coup, le dimanche fut loin derrière elle, et elle respira le parfum de sa solitude retrouvée qui se confondait avec celui, âcre, de la nuit.

« Quelle sale journée! Ce qu'ils me dégoûtent, se répétait-elle, ils dégoûteraient n'importe qui... »

Mais déjà elle mâchonnait ses mots sans en ressentir la réalité. En fait, elle se trouvait auprès de Georges qu'elle brûlait de rejoindre. Le jeune homme devait l'attendre à Uderan, sous les tilleuls. Il serait venu à pied sans doute et fumerait, tout en l'attendant. Sous les arbres, elle ne distinguerait que le feu de sa cigarette. Il serait nerveux et malveillant, mais elle s'en réjouissait parce qu'il se déguisait de moins en moins avec elle.

Elle repartit très vite, de crainte qu'il ne s'échappât, avant qu'elle eût atteint Uderan.

Il n'y avait encore personne sous les tilleuls.

Aucun bruit sinon celui du vent dans la sapinière, qui ressemblait, rêche et monotone, à celui de la mer sur les galets. Elle eut beau chercher, il n'y avait personne.

Elle pénétra dans sa chambre, ne sut qu'y faire, et finalement, s'assit près du guéridon.

« Il devrait venir, tout de même, à cette heure-ci... »

Depuis le haut du chemin, elle l'entendrait. Avant même de l'entendre, elle devinerait le bruit de ses pas, croyait-elle.

Presque tout de suite, son impatience fut sans bornes. Viendrait-il à pied, à cheval? De partout semblaient lui arriver des rumeurs de galops qui lassaient son esprit, déroutaient son attention. L'homme arrivait de partout, de tous les points de l'horizon, de tous les chemins emplis de nuit, et elle ne savait duquel au juste il fallait espérer. Quel tourment cette approche multipliée, qui l'enfermait comme au centre d'un cercle de plus en plus étroit et menaçant!

Ne venait-il pas plus tôt, d'habitude? Qu'est-ce que cela signifiait-il, mon Dieu! En pensant à leur rencontre de la veille elle crut deviner qu'il souffrait des rigueurs qu'il s'imposait à lui-même, si naïvement.

— Si vous le permettez, avait-il dit, je ne viendrai plus aussi souvent, c'est une chose pénible dans les conditions où nous nous voyons... Je crois qu'il serait plus élégant de ma part de parler à votre mère...

Elle avait ri des empêchements qu'il se créait, observant avec satisfaction combien la tentation de passer outre le torturait chaque jour davantage.

Bien qu'elle respirât profondément, l'air qu'elle aspirait se perdait dans son corps comme par une fuite dans le fond de sa poitrine et elle étouffait. Elle regardait intensément par la croisée grillagée, scrutait l'allée des tilleuls où le vent par rafales soulevait les feuilles.

« Il s'amuse à me faire attendre, je le connais... »

Elle parla tout haut, ne réussissant plus à dominer son impatience. Le son de sa voix la surprit et on eût dit que toutes les choses autour d'elle la lui renvoyaient aussitôt, en échos successifs.

« Il s'amuse, il s'amuse à me faire attendre, je le connais, il s'amuse... »

Il y avait cent façons d'entendre la chose. Il s'amusait. Il s'amusait sans doute un peu sauvagement, comme les enfants du pays qui cueillent le poisson sous la roche, pieds nus dans les torrents (peut-être se trouvait-il dans la serre qui la guettait). Peut-être aussi jouait-il le jeu odieux de l'homme qui aiguise son plaisir par une attente exaspérante.

A cette pensée son impatience devint du délire. Elle exprimait bien l'attrait de Georges qui lui échappait depuis quelques jours, depuis qu'il se reprenait.

Elle se leva, éteignit et sortit de la maison. La lune était haute maintenant et l'ombre ramassée de Maud dansait à côté d'elle, tel un petit animal, heureux de la suivre.

Sur le plateau le vent soufflait à peine et l'odeur des foins flottait sur les pâturages du Dior. Toujours personne sur les chemins.

Maud marchait très vite. Sa liberté l'enivrait, d'autant plus qu'elle n'était qu'apparente. Sa propre déraison l'amusait. Comme il serait surpris en la voyant! Elle allait le prendre au piège et il ne pourrait fuir de chez lui comme chaque soir il fuyait d'Uderan.

Elle obliqua vers le village. Quelques fenêtres seulement restaient éclairées, persiennes closes; parfois une lourde respiration sortait d'une maison, trahissant la torpeur de la nuit d'été. Maud s'éloigna des lieux habités et passa devant une bâtisse abandonnée : la demeure d'un pendu. Le drame s'était passé peu après leur installation à Uderan, elle s'en souvenait bien. La crainte la saisit, comme d'habitude, lorsqu'elle eut dépassé la maison, mais un attrait plus fort que la peur l'entraînait toujours plus avant.

Lorsqu'elle eut atteint l'allée de cyprès elle s'arrêta. La maison était éclairée; elle ne risquait plus de manquer Georges. Elle eut un peu honte d'être venue. Son cœur battait si fortement qu'il lui faisait mal de l'entendre à ses tempes et dans tout son corps.

Pendant une minute l'image de sa mère qui dormait là-bas dans la grande chambre d'invité, chez les Pecresse, passa devant ses yeux. Elle eut peur du moment qu'elle vivait et elle ressentit un peu de dégoût à l'idée qu'elle se cachait.

Demain, que serait demain si sa mère apprenait quelque chose? Immobile, elle essayait de faire revivre le visage de sa mère en proie à la colère, enlaidie et terrible. Mais ce fut en vain qu'elle tenta de se terrifier. Sa mère dormait toujours avec un visage humble et las de vaincue, et elle ne pouvait l'évoquer autrement, c'est-à-dire dans l'ardeur de ses colères ou de ses passions.

« Elle ne saura pas que je suis venue, comment l'apprendrait-elle? C'est la seule chose qui compte... »

Elle pensa à ses frères qui, comme elle, « couraient ». Taneran avait raison, elle se sentait pareille à eux. Cette ressemblance qu'elle prévoyait confusément jusqu'ici, s'affirmait aujourd'hui. Elle crut ne plus porter d'amour à Georges, mais lui vouer un sentiment bas et inavouable.

Le paysage s'étendait devant elle, immense et limpide et rien n'arrêtait sa course. Sa liberté si grande restait comme une invite. D'ailleurs, depuis quelque temps toutes les barrières s'écroulaient à son approche, elle le constatait. Jacques lui-même n'osait plus rien contre elle et ne tenait-elle pas Georges sous sa puissance?

Au piétinement du cheval dans la cour, elle comprit que Georges allait sortir. Elle heurta très légèrement le battant en faisant glisser la paume de sa main sur la porte rugueuse. Un pas retentit dans la pièce et Georges apparut.

— Vous descendiez à Semoic?

— Non, je me disposais à venir vous voir. Comment avez-vous pu...

Elle ne répondit pas et il comprit immédiatement la raison de sa course tardive.

Son but atteint, elle se désintéresserait de ce qui allait suivre.

Elle s'en fut au plus profond de la pièce, près de l'âtre vide. Sur une petite table, une lampe sommeillait. Elle regardait tout autour d'elle, comme quelqu'un qui ne reconnaît rien et a envie de s'échapper. Alors, il la prit légèrement par le bras et la fit basculer sur un fauteuil. Elle le laissa faire, sans rien lui dire, puis, de nouveau, scruta l'appartement.

A sa droite s'étalait un divan étroit au bord défoncé et sur lequel des livres avaient glissé d'une étagère, vieux et écornés, des livres relus plusieurs fois sans doute. Un escalier partait de la salle même, comme dans les villas anglaises et une partie du plafond, plus basse que l'autre, devait constituer la chambre. Quelques meubles disparates mais d'une belle qualité, donnaient à ce logis un air de luxe qui surprenait. Mais chaque chose semblait y avoir été choisie pour sa beauté propre et non en considération d'un ensemble.

Georges se tenait contre la porte d'entrée. Il ne disait rien, mais contemplait la jeune fille qui venait à lui si naturellement, comme s'il l'eût portée tout entière dans son regard. La lueur de la lampe le grandissait encore. Sa chemise était entre-bâillée; il respirait par saccades en s'efforçant de garder son calme. Ses yeux sombres assez rapprochés, et son grand front, prêtaient à son visage un aspect volontaire.

— Je vais rentrer le cheval, je reviens tout de suite, dit-il enfin.

Elle lui répondit avec douceur qu'il ne devait pas se déranger pour elle. A sa façon de la fixer elle comprit qu'il lui accordait un répit pour qu'elle pût encore s'enfuir si elle le voulait. Mais dès qu'il fut sorti, elle fut reprise par la même impatience de le revoir que tout à l'heure. Le cheval passa près du mur. Il y eut un instant de profond silence, pendant lequel elle se tordait les mains d'énervement en répétant d'une voix torturée : « Mais que peut-il faire, que peut-il donc faire? »

Lorsqu'il revint, elle se calma aussitôt. Il s'assit sur le divan, les mains en arrière; elle pressentit qu'il la laissait encore parfaitement libre de décider de leur sort, et cette ultime délicatesse l'irrita.

— Je suis venue parce que j'en ai assez, dit-elle tout à coup. Aujourd'hui encore, ils ont été insupportables.

— Je ne l'ignore pas.

— Nous partons la semaine prochaine, vous ne le savez pas?

Il ne broncha pas. La semaine prochaine? Il se sentit soudain la force de changer le cours des événements...

— J'en doute, murmura-t-il.

Que savait-il? Elle le lorgna, soupçonneuse.

— Ce pauvre Briol, si vous aviez vu le mal qu'il se donnait pour les amuser, c'en était pénible. Ce qu'il y a d'extraordinaire, c'est que les gens se mettent en quatre pour leur plaire, alors que...

Lorsqu'elle parlait des siens, elle se laissait toujours prendre à ses propres paroles.

— Alors qu'ils ne comptent pas, que ce sont des gens de rien, vous savez, ce qu'on appelle des gens de rien...

Elle ponctuait ses mots de gestes excessifs. Lui ne sembla pas étonné qu'elle fût venue de si loin pour lui dire des choses pareilles.

A Uderan aussi, ils ne cessaient depuis l'affaire, de parler de Jacques, mais ce soir on aurait dit qu'elle répétait une leçon mal apprise. (S'ils en voulaient à Jacques ils ne le trahissaient pas et assistaient passivement à l'injuste déconsidération des Pecresse dans le village.)

— Taisez-vous, mon petit. Calmez-vous, dit Georges.

Dès son entrée elle avait compris : l'agacement de Georges, son obstination à toujours vouloir la quitter avaient mystérieusement cessé. Un orage avait passé sur cet homme, mais maintenant il se tenait devant elle parfaitement calme. Par de petites phrases, il essayait de la calmer, bien qu'il ne crût pas qu'elle fût véritablement en colère.

Il avait lutté pour ne pas en arriver là; mais du moment qu'il se sentait vaincu, il lui savait gré de sa victoire, devenait d'une douceur pleine d'abandon et de gratitude; elle s'exprimait autant dans ses yeux que dans sa voix lasse, dans ses mains fermées.

– Je ne t'attendais pas, dit Georges. Tous les soirs et depuis le matin je patiente, j'attends l'heure de venir te retrouver.

Le tutoiement que subitement il reprit la lia à lui davantage. Dorénavant, ils se comprenaient l'un l'autre totalement. Dès la simple ébauche de leurs gestes, qu'il devenait inutile de terminer, à travers les paroles les plus banales, qu'ils n'éprouvèrent plus le besoin de finir de prononcer. Un silence adorablement plein commençait d'être possible. Ils avaient cessé d'être deux.

Tout à coup il se leva. Elle devina qu'il allait s'approcher d'elle. Si peu que durât cet instant, elle ne put supporter l'imminence de son approche. Une seconde, redevenue distincte de lui, sa pudeur lui revint, tout entière, un instinct de défense lucide qui l'effraya. Elle ferma les yeux. Elle eut juste le temps de s'entendre elle-même qui se suppliait intérieurement d'être faible, et très vite elle céda à cette voix, parvint à se détacher de sa volonté, comme dans le vent la feuille qui s'arrache à l'arbre et s'emporte, accomplissant enfin son désir de mourir.

Lorsqu'elle s'éveilla, un petit jour faible, pénible, commençait à poindre. C'était vrai, ils avaient oublié de fermer les volets.

Tout d'abord, elle resta un long moment comme frappée d'immobilité, incapable de faire un geste. Elle sentait entre les draps son corps nu dont elle n'avait plus honte, qui devenait comme son visage une forme vivante. Lorsqu'elle était malheureuse jusqu'ici, elle avait cru comprendre qu'il était toujours resté ce corps auquel elle pouvait demander n'importe quel effort, par exemple de la porter hors de la maison, de rire, de la consoler ou encore de pleurer de bienfaisantes larmes...

Or, ce matin-là, son corps demeurait en harmonie profonde avec son esprit, inerte. Rien ne faisait effort dans cette complicité et elle pensait très calmement des choses violentes.

Georges dormait à côté d'elle; ses cheveux jaillissaient de ses bras nus dont il s'entourait la tête. Il était beau ainsi, et sa peau brune était marquée aux avant-bras des brûlures du soleil et de toutes sortes de traces et de cicatrices que leur avaient laissées les baignades, la chasse, les aventures qu'il avait eues. Il dormait, tel un enfant, confiant et tranquille.

Il apparut à Maud à la fois plein de force et d'innocence. Il avait résisté. Et maintenant il reposait, abandonné, à ses côtés.

Comment se retrouveraient-ils après cette aventure? Elle évitait de le toucher; elle le regardait dormir. Elle éprouvait pourtant le besoin de se rouler contre lui et de se rendormir, de perdre à nouveau lentement conscience près de lui, à condition qu'il ne bougeât pas, ne lui posât aucune question avant.

Irrésistiblement, elle approcha la main et lui caressa l'épaule afin de le ramener un peu dans la réalité. Mais ce fut seulement comme si elle-même au contraire voguait de nouveau en plein songe; il ne remua pas.

L'aimait-il encore? Elle se tenait à la surface de son sommeil, légère et agaçante, telle une mouche ennuyeuse. Il devina bien qu'elle se trouvait là, à ses côtés, car il grogna, murmura quelque chose d'incompréhensible, puis, de nouveau s'enfonça dans le sommeil.

Ce qu'elle souffrait, elle serait donc seule à l'endurer.

Il faisait presque jour maintenant. Elle se leva et s'habilla. Dès que ce premier effort fut fait, elle eut hâte d'en avoir fini.

Elle n'eut pas de peine à sortir, car tout était resté ouvert dans la précipitation de la veille. Le chemin lui parut long, elle grelottait et une souffrance lancinante dans les reins l'empêchait de courir.

Au moment de quitter l'allée de cyprès, elle se retourna et considéra la maison de Georges, terne dans le petit jour. Rêvait-elle? Elle crut voir une forme humaine s'éloigner brusquement du chemin.

Elle écarta le soupçon qui lui venait, comme elle l'eût fait d'un mauvais présage qu'il convient de conjurer en n'y pensant plus.

Quand elle aperçut Uderan, elle ne put réprimer un sourire étrange.

Elle distingua dans la glace son teint blême, ses yeux défaits. Lorsqu'elle se fut dévêtue, son corps nu lui apparut d'une beauté dont elle venait de prendre conscience et qui la laissait à la fois triste et fière. Georges lui en avait tant dit là-dessus, et ses phrases lui revenaient par bribes. Elle essayait vainement de les faire revivre dans leur chaleur et dans leur spontanéité.

Elle rassemblait mal ses idées. Elle ne pensa plus à rien bientôt, sinon à sa mère qui risquait de venir à Uderan d'ici un moment.

Elle restait, il est vrai, sans inquiétude.

– Bah! des bêtises que tout cela, des bêtises...

Une douleur lui montait des reins en chauds effluves semblables au souvenir de son plaisir.

Elle s'enfouit dans les draps glacés, et tout de suite s'engourdit, sombra dans un repos vertigineux qui la laissa privée de rêves.

Maud ne revint chez les Pecresse que le lendemain soir. Dès son entrée elle s'aperçut que personne ne parlait dans la salle. Il semblait qu'on
n'eût pas remarqué sa présence et qu'une même
obsession les préoccupât tous.

Le voisin lui-même, après lui avoir tendu une
chaise, reprit sa pose immuable près du feu, entre
ses chiens.

Mme Taneran n'était pas là. L'absence de sa
mère frappa Maud car l'heure habituelle du dîner
était passée sans que personne n'y prît garde...

Une sorte de peur contenue surgit en Maud.
Que venait-elle chercher chez les Pecresse? N'au-
rait-elle pas dû rester chez Georges Durieux au lieu
de s'enfuir dès le matin?...

Elle s'assit, apparemment calme.

De temps en temps, les deux griffons couchés
auprès de l'âtre vide se grattaient vigoureusement
les flancs; Maud se rappela que l'odeur des chiens
courants écœurait sa mère qui, invariablement,
demandait chaque soir que l'on ouvrît un peu les
fenêtres. (Ce soir, les fenêtres étaient closes sur
l'absence de leur mère.)

A travers les vitres on voyait au loin le Dior qui fumait comme un feu de broussailles et répandait dans toute la vallée une humidité bienfaisante, comme s'il eût exhalé, le soir venu, une vapeur précieusement contenue pendant le jour.

Assis contre la croisée, le fils Pecresse regardait le paysage sans le voir et ramenait sans cesse ses grosses prunelles vers Maud, pour lui signifier que son indifférence le torturait.

Jacques Grant et Henri Taneran, assis l'un près de l'autre, à se toucher, demeuraient oisifs.

Au bout d'un moment, Maud s'approcha de son jeune frère :

– Que se passe-t-il? Peux-tu me dire où se trouve maman?

Henri tourna vers elle un regard où la colère éclatait, crispa sa bouche en une expression d'indignation forcée, tandis que Jacques paraissait attendre que sa sœur s'approchât de lui. Dans ses joues creuses jouaient des muscles ronds et durs comme des billes. Ses lèvres étaient blêmes à force d'être serrées sur ses dents, et, de ses yeux à moitié clos, filtrait son regard blanc des mauvais jours. Il avait croisé ses jambes et l'un de ses pieds battait rageusement le plancher.

La Pecresse exultait. A son air, à sa marche sinueuse à travers la salle, on devinait une satisfaction qu'elle contenait mal. Elle, du moins, se trouvait à l'aise dans cette pièce où se prolongeait un morne silence; d'un pas léger, elle allait de l'un à l'autre, les interpellant tour à tour. Son accent méridional, si ingrat d'habitude, s'infléchissait et donnait à sa voix une suavité inattendue. Elle les

flattait du geste, du regard. Tantôt elle s'adressait
à son fils :

— Jean, mon petit, si tu voulais sourire un peu
tu ferais plaisir à ta mère.

Tantôt à Henri Taneran :

— Prenez le journal et dites-nous ce qui se passe.
Ce n'est pas mon pauvre Jean qui le ferait en ce
moment. Ah! Jean. Ah! Jean...

Aucun ne daignait lui répondre, parce que
malgré tout, sa fausseté ne leur échappait pas et les
dégoûtait.

Lorsque Maud eut parlé, elle les scruta du
regard avec insistance et demanda encore une fois
où se trouvait sa mère; le temps s'écoulait sans que
celle-ci parût, alors que d'habitude elle rentrait tôt
de la métairie.

Mais un silence obstiné accueillit les paroles de
la jeune fille. Ils se retenaient manifestement de lui
parler et leur attitude fut bientôt si expressive
qu'elle eut peur. Elle crut saisir tout à coup le
motif de leur colère, et se sentit envahie par une
honte qui l'anéantissait. L'obsession de voir préciser ses craintes la faisait reculer comme devant un
obstacle qui fût venu vers elle à une vitesse vertigineuse. Mais au moment où elle crut comprendre,
elle retomba dans le doute. Elle eût voulu leur
poser une question qui l'eût éclairée, mais rien ne
lui vint à l'esprit. Ils ruminaient leur colère depuis
trop longtemps pour être en mesure de l'écouter.
Elle le comprit et jugea prudent de se taire.

Cependant Mme Pecresse, elle, ne contint plus
son impatience. Elle se pencha vers Maud et lui
souffla en plein visage :

— Où est votre maman? Mais, elle vous cherche,

la pauvre! Elle doit être même bien fatiguée. Déjà qu'elle se traînait, ces temps derniers. C'est que vous n'avez pas paru de tout le jour, mademoiselle Grant...

Elle ajouta, mesurant ses effets, afin de brasser savamment en Maud la honte et le remords.

— Même qu'elle ne revient pas vite... elle est partie depuis midi...

Maud s'écarta de la Pecresse; ses bras se raidirent dans un geste de défense, mais la femme la toisa et ce fut la jeune fille qui ferma les yeux... Brusquement, elle revit l'ombre qui avait traversé l'allée de cyprès, au moment où elle était sortie de chez Georges. N'était-elle pas ronde et grise comme la Pecresse elle-même?... Était-il imaginable qu'il y eût entre celle-ci et le cauchemar qu'elle vivait maintenant une relation nécessaire? Elle récapitula sa journée passée à flâner près du Riotor. Comment n'avait-elle pas pressenti que, pendant ce temps-là, ils ne se quittaient pas et que grandissait leur désir de la prendre en faute? Sans doute sa mère ignorait-elle tout. Mais eux savaient ce qu'ils faisaient. Et cela, c'était besoin chez Jacques de se désennuyer, de lui faire payer l'audace qu'elle avait eue chez Barque l'autre soir.

Que la Pecresse conjuguât ses efforts avec ceux de Jacques pour la trouver en défaut, c'était pour le moins inattendu! Quelle impudence que celle de Jacques! Il ne répugnait pas à s'associer à la Pecresse qu'il avait pourtant doublement trompée, en n'acceptant pas sa part de responsabilité dans le suicide de la jeune fille et en poussant sa mère à quitter définitivement Uderan. Au fond, il se saisissait du premier prétexte pour frapper Maud, trop heureux qu'elle lui en fournît un aussi propice. Jusqu'ici, en effet, il hésitait à se servir contre elle d'arguments délicats à manier et qui l'eussent également compromis lui-même. Depuis l'histoire de chez Barque, il traînait, ne se trouvant à l'aise nulle part. Il se sentait seul et il lui fallait que quelqu'un à son tour fît quelque action répréhensible afin de le distraire de sa propre obsession...

Son frère savait. Maud se sentit perdue et désira fuir.

C'est à ce moment-là, que survint une circonstance imprévue qui balaya d'un grand souffle leur colère. De la hauteur d'Uderan venait de jaillir une voix étouffée et sans force qui semblait craindre d'être entendue, et qui provoqua aussitôt le silence :

— Ma-da-me Pecresse!

La gravité de cet appel les rassembla et ils éprouvèrent le sentiment de ne plus compter. Leur ressentiment, ils n'en trouvèrent plus trace tout à coup.

— Ma-da-me Pecresse!

Il n'y avait plus que celle-là pour jouir encore de son œuvre. Cependant elle pâlissait, elle aussi, et le sourire s'effaçait peu à peu de son visage.

Les chiens s'étaient dressés et tendaient l'oreille.

Lorsque la voix se taisait, Jacques se contentait de hausser les épaules gauchement. Il n'osait plus regarder personne ni répondre à cet appel.

La voix se rapprochait :

— Où est ma petite, où est-elle, mon Dieu?

Après chacun de ses éclats, la voix retournait à la nuit, comme une vague retourne à la mer, laissant de même sa trace, une frange humide. Et on eût dit que l'on continuait à l'entendre alors qu'elle avait cessé.

Pour eux, quel échec! Ils paraissaient stupéfaits que leur mère s'inquiétât de leur sort, bien qu'ils l'eussent laissée partir sans la rassurer. Ils eurent conscience de leur maladresse et aucun d'eux ne se sentit d'énergie devant cette plainte qui n'exprimait aucune indignation.

– Ma petite Maud! Mon enfant!

Soudain, Henri Taneran laissa tomber sa mâchoire comme un sourd qui veut mieux entendre, et dit timidement :

– Faudrait lui répondre. On aurait dû la prévenir... Moi...

Mais il n'osa faire ce qu'il conseillait et resta toujours cloué à sa chaise.

Maud ne bougeait pas. Elle comprit que sa mère appelait depuis des heures, tout en marchant le long des routes, à travers champs, le long du Dior.

Bientôt, ce fut elle, Maud, qui suivit ces routes, s'enfonça dans l'herbe drue et mouillée, longea ces rails... La chaleur, la fatigue avaient fini par venir à bout de Mme Taneran, et puis, pour achever de la perdre, le soir, la marche le long du fleuve, l'ensevelissement dans la brume qui monte du Dior... C'est alors qu'elle avait commencé d'appeler au hasard. Peut-être s'étaient-elles croisées? Sans se voir? Sans se reconnaître? Avec une étrange lucidité, Maud remontait le calvaire de sa mère, et ne pouvait se détourner du spectacle qu'elle découvrait.

Maintenant la voix reprenait, tantôt haletante,

tantôt empreinte d'une tendresse qui coulait à pleines vannes :

— Ma petite Maud! Mon enfant!

Maud demeura pétrifiée, n'ayant plus d'autre crainte que de se sentir vivre. Elle croyait assister à sa propre fin.

Bientôt elle fut toujours là, certes, entre ces murs blancs, ces quatre visages arrêtés, mais aussi ailleurs, dans la nuit noire, près de sa mère. Pourquoi seulement, celle-ci continuait-elle à crier? Pourquoi, puisqu'elle l'avait rejointe? Maud l'embrassait. Elle revenait liée à elle, blottie contre le corps de sa mère...

Tout à coup, la voix fut dans la cour.

Maud se boucha les oreilles pour ne plus l'entendre, puis poussa un hurlement. Pendant l'instant qui suivit, tout bruit fut suspendu. Les griffons se mirent à aboyer. Maud tomba. Dans son évanouissement, elle entendait encore les deux chiens, mais de très loin, comme si elle se fût enfoncée lentement dans la mort.

Lorsqu'elle se réveilla dans le lit de sa mère, en haut, dans la grande et belle chambre des Pecresse, il faisait presque noir. Sur la table de chevet, une petite lampe voilée d'un journal éclairait à peine. Maud s'aperçut qu'on l'avait couchée tout habillée et qu'on lui avait simplement retiré ses chaussures.

Elle se sentait calme, mais s'efforçait de ne penser à rien, pressentant que son énervement reviendrait en même temps que la conscience bien nette de la situation où elle se trouvait.

Le ciel, à travers les vitres, tranchait sur le fond sombre de la chambre et apparaissait d'un bleu intense. Des nuages gris le traversaient et filaient vers l'est, bornés par un horizon aussi nu que celui de la haute mer. Un vent assez fort soufflait et travaillait les arbres du jardin qui agitaient leurs cimes. Sans doute un orage d'été se formait-il qui crèverait bientôt en une chaude pluie, mais demain, le jour serait aussi limpide que jamais.

Au moment de se lever, Maud dut s'adosser au lit, les jambes molles, la tête vide. Elle tremblait de

tout son corps et ressentait une faiblesse profonde.

Lorsqu'elle ouvrit la porte, les voix des Pecresse
la frappèrent au visage et elle recula rapidement.

Hésitante, elle allait d'une fenêtre à l'autre,
plongée en apparence dans de profondes réflexions,
mais, en fait, ne pensant à rien de précis, n'arri-
vant pas à comprendre le désarroi si subit et si
effroyable qui s'était emparé d'elle.

Bientôt, la nuit fut tout à fait venue. Aucune
autre rumeur que celle du vent ne lui parvenait.
La lune montait insensiblement dans le ciel, étrangère aux agitations de la terre, aux violences de
l'orage dans la vallée.

Maud se sentit soudain incapable de surmonter
sa détresse. Elle s'y laissa aller comme un noyé au
fil d'un fleuve. Le bruit d'une conversation soutenue lui arrivait par la porte entr'ouverte; elle n'en
saisissait que des mots isolés.

Aucune illusion n'était possible : Mme Taneran
était avertie, maintenant, de la fugue de sa fille.

En tout cas, dès qu'elle avait été rassurée sur le
sort de Maud, sa mère avait dû s'abandonner à
une de ses colères qui la ravissaient à tous.

Maud se retourna et regarda la lampe, dont un
journal tamisait la trop vive clarté.

« Ils n'ont pas osé le lui dire tout de suite »,
songea-t-elle.

Un sentiment de grande solitude aviva sa
peine.

Soudain elle entendit marcher en sabots le long
du mur. Les pas résonnaient sur la terre durcie et
ce bruit la rassura un peu parce qu'il indiquait à

lui seul que la vie continuait avec ses banalités apaisantes.

La lourde porte de la grange grinça sur ses gonds et se rabattit en un grand tremblement qui ébranla toute la maison.

« Il doit être neuf heures, le père Pecresse ferme sa grange », marmonna-t-elle.

Elle comprit subitement qu'elle ne pouvait plus tarder à descendre, sans quoi ils verrouilleraient la porte d'entrée et elle serait alors prisonnière jusqu'au lendemain. Cette idée lui causa un nouveau tourment.

« Ils ne vont pas me laisser sortir d'ici, ni cette nuit, ni demain, ni jamais... »

Sa souffrance fut reléguée derrière cette crainte animale d'être emprisonnée ici avec eux. Elle se mit à gémir, la bouche fermée, serrée; une plainte qu'elle ne pouvait retenir s'échappait de ses lèvres, si légère qu'on eût pu croire qu'elle fredonnait. Pourtant, maintenant, elle ne cessait de faire de rapides calculs : la porte d'entrée, il n'y fallait pas songer. Et quant à celle du corridor, elle la savait pratiquement condamnée. La fenêtre? C'était encore bien haut. Elle se pencha et recula.

L'horreur qu'elle ressentait à se retrouver encore une fois parmi les siens lui laissait son entière lucidité d'esprit. « Il n'y a plus qu'à descendre », se dit-elle, et elle s'y décida calmement.

Certes, elle ne pourrait plus leur tenir tête avec sa fierté passée! Mais elle désirait les fuir avant tout, éviter l'intimité désormais odieuse à laquelle ils la convieraient sans doute encore, une fois leur colère passée.

Sa décision prise, elle s'accouda à la fenêtre un

instant. L'image de son amant lui revint alors, distincte et figée. Elle ne désirait pas le revoir, pressentant combien ce serait inutile; l'aversion qu'elle éprouvait pour les êtres l'atteignait, lui aussi. La totale ignorance dans laquelle il était de ce qu'elle subissait en ce moment le diminuait à ses yeux, sans qu'elle fît le moindre effort pour combattre cet injuste sentiment.

Le souvenir du plaisir qu'elle avait pris à l'amour lui revenait mal à la mémoire parce que seule sa mémoire faisait l'effort de s'en souvenir à son corps défendant. Quelle illusion avait été la sienne!

Elle imaginait Durieux apprenant la chose; elle distinguait jusqu'à la mimique de son inquiétude. S'il était sincère les premiers jours cela l'ennuierait bientôt de la défendre, et l'ennui dévorerait son amour jusqu'à n'en laisser que les apparences.

Machinalement, elle ferma la croisée et à l'instant l'image de son amant s'effaça, dont elle avait évoqué en vain le souvenir.

Elle descendit l'escalier à tâtons et s'arrêta derrière la porte de la cuisine. Afin d'avoir le courage de l'ouvrir, elle se répétait : « Tout ça n'a aucune importance... D'ici quelque temps, on n'en parlera plus... »

Soudain, elle se trouva dans la pièce. Le silence se fit aussitôt, fondit sur elle et la déconcerta. La lumière était si vive qu'elle porta instinctivement la main à ses yeux.

Assis à l'écart de la table, ils avaient dû finir de dîner. Sans le regarder, elle distingua Jacques qui roulait de la mie de pain entre ses doigts et la jetait au feu. Près de lui, Mme Taneran devait avoir son

« visage de cendres » que ses enfants connaissaient bien.

La Pecresse fut la première à parler :

— Vous allez manger quelque chose, mademoiselle Grant...

La petite servante alla chercher une assiette qu'elle posa sur le rebord de la table, puis elle mit du bois dans la cuisinière.

Maud se faufila près de la cheminée, s'y adossa, face au foyer, pour n'avoir pas à les regarder. Chacun observait un silence qui devenait intolérable, à mesure qu'il se prolongeait et dont le niveau montait, montait toujours, comme monte l'eau dans le navire en perdition. Un seul mot eût suffi pour déchaîner leur fureur, pour qu'explosât cette immobilité mortelle. Maud aurait voulu disparaître dans la flaque d'ombre, s'amenuiser jusqu'à devenir, comme l'ombre elle-même, rien.

Machinalement elle essaya de caresser le griffon qui se tenait près d'elle, mais la bête grogna, et sa nervosité devint telle qu'elle rougit et perdit contenance, comme si cet échec auprès de la bête la déconsidérait encore davantage à leurs yeux.

— Allons, venez, c'est prêt, dit la Pecresse; allons, venez, mademoiselle Grant...

Maud resta immobile, contemplant l'ovale blanc de la table qui étincelait sous la vive clarté de la suspension, puis la chaise vide, et, sur la table, l'assiette fumante. Deux mains fermées et frémissantes tapotaient la table, deux mains qui se ressemblaient par l'ossature, la largeur de la paume et surtout par le renversement caractéristique du pouce, signe de violence qu'elle portait, elle aussi. Les visages, plongés dans l'ombre basse de l'abat-jour, lui échappaient.

La Pecresse la poussa vers la table et elle se retrouva devant l'assiette.

Eux la dévoraient impitoyablement du regard, avec la curiosité qu'inspire tout acte scandaleux. Ils suivaient ses gestes, guettaient ses défaillances. Le simple mouvement qu'elle devait faire pour manger lui demandait un effort si considérable que, parfois, elle n'était plus maîtresse de son bras qui se paralysait littéralement.

Elle eût donné sa vie pour les entendre enfin parler, prononcer une seule parole qui lui eût révélé le sens de leur colère. Elle connaissait si bien les chemins profonds qu'ils se plaisaient à suivre, où ils s'égaraient...

Dans la grange qui était près de la cuisine, on entendait les bêtes écraser leur litière et fourrager dans leurs mangeoires vides. Ce bruit familier surprit un peu Maud par ce qu'il avait de paisible et d'habituel.

Soudain, Jean Pecresse se leva et sortit. Sa mère, avec une discrétion feinte, l'imita et fit mine de le suivre sans parvenir à s'y décider.

— Vous pouvez rester, madame Pecresse, vous savez...

La voix de Mme Taneran. Elle avait quelque chose de méprisant et il y perçait plus qu'une lassitude, un découragement si profond que tout s'y abîmait, y disparaissait comme fétu de paille.

Maud, elle, ne savait que fixer l'assiette stupidement.

— Qu'est-ce que tu fiches là? Tu crois que nous n'avons que ça à faire, veiller et t'attendre?

Cette voix aux inflexions savantes, c'était celle de Jacques. Maud ne broncha pas.

La servante était allée se coucher et Mme Pecresse fit mine de se lever pour desservir, feignant par là de se désintéresser noblement de l'affaire.

D'ailleurs, leur discorde éclatait, si violente qu'elle s'en trouvait bien aise, la misérable, s'en écartait sans effort, maintenant qu'elle l'avait provoquée.

— Restez assise, madame Pecresse. Maud, veux-tu desservir?

Un grand espoir souleva la jeune fille qui reconnut ce ton de gronderie tendre dont sa mère usait quelquefois avec elle.

Sans rien dire, elle alla vers l'évier. Jacques la suivit de tout près; elle entendit son souffle court, là, juste dans son dos. De quel prétexte allait-il se saisir? Le plus bas, le plus banal, le plus ridicule, le plus indigne...

— Ah! ça, veux-tu laver ton assiette? Je t'apprendrai, moi, à te défiler sans cesse. Tu ne fiches rien et tu trouves le moyen de courir... Je ne le permettrai pas plus longtemps...

Maud se retenait de parler et de bouger. L'assiette qu'elle tenait à deux mains, elle ne la vit plus, subitement, telle qu'elle était, mais brisée et sanglante avec un visage qui passerait au travers, semblable à un visage de clown qui troue une feuille de papier.

— Jacques, laisse-la tranquille, c'est tout ce qu'elle mérite.

Mais il était en pleine forme, et il était impossible à arrêter.

— On l'a trop laissée tranquille! Quand je pense

à notre indulgence à tous, à notre confiance... Tu veux savoir une chose, une chose que je t'ai cachée, parce qu'au fond j'ai eu pitié d'elle?

Il tendit les bras vers sa mère dans un geste solennel.

– Ça me dégoûte d'en arriver là, remarque... Tu te souviens? L'argent, lorsque Muriel est morte?

Il s'interrompit, enfin délivré de cette obligation, si minime pourtant, envers sa sœur. Mme Taneran semblait pétrifiée. Dans un rapide calcul Maud mesura la distance qui la séparait de la porte. Elle passerait le long du mur, soulèverait le loquet... Avant de s'élancer elle ramassa ce qui lui restait de raison :

– Ne le crois pas; j'avais emprunté trois cent cinquante francs sur ma gourmette. Tu vois, je ne l'ai plus...

Elle montra son poignet nu, et sournoisement, elle se glissa vers la porte.

Jacques cria comme un possédé :

– Ce n'est pas vrai, menteuse!

Mais Maud était déjà dehors. Elle dévala le chemin à une vitesse telle que les pierres volaient sous ses pieds. Quand elle fut arrivée dans la vallée, près du Dior, elle s'arrêta. On vociférait encore des insultes là-haut. La porte ouverte découpait sur la campagne un grand carré de lumière. Plusieurs voix se mêlèrent à celle de Jacques; celle de la Pecresse qui lança son nom avec cet accent traînant et sonore qu'elle avait lorsqu'elle appelait ses chiens, le soir. Puis, celle d'Henri.

– Ohé! Maud! Viens! Allons, viens dormir! Si

154

tu ne veux pas, maman ne fermera pas l'œil. Tu le sais bien, pourtant...

Toute raidie, se mordant les lèvres pour ne pas répondre, elle faisait non, de la tête, silencieusement. Les premières larmes débordèrent enfin de ses yeux. Elle distingua bientôt que le carré lumineux s'effaçait sur la hauteur.

Elle se coucha au bord de la rivière. L'une de ses mains soutenait sa tête et l'autre traînait dans le courant qui filait entre ses doigts et faisait une musique frêle et sautillante.

L'eau était si froide, qu'au bout d'un moment Maud ne sentit plus ses doigts. Elle retira sa main, la posa dans l'herbe drue qui, par contraste, lui parut tiède.

Dans le silence qui régnait près de la rivière, elle entendait le bruit de ses sanglots. Au bout d'un instant, elle voulut ramener ses jambes; cela la fit souffrir; il en fut de même lorsqu'elle essaya de se relever. Alors, avec précaution, elle ramena ses membres vers elle, dans le creux que formait son corps replié, y trouvant de la douceur, comme si elle eût éprouvé de la compassion pour elle-même.

Quoi qu'on fût en mai il était encore bien difficile de se réchauffer dans cette brèche ruisselante du Dior où la terre mollissait, la nuit, comme une éponge humide. Sa robe et son linge collaient à sa peau, mais ce fut seulement lorsqu'elle sortit de son immobilité que le froid la pénétra d'un coup et la fit frissonner. Elle n'était pas triste, mais lasse, d'une lassitude que le froid rendait douloureuse.

Bientôt, les premières gouttes de l'orage tombèrent. Il fallait rentrer. Elle pensait, avec une obstination stupide, au lit dans lequel elle s'était retrouvée après son évanouissement.

Sa chambre à Uderan était-elle ouverte? Pourrait-elle aller chez Georges Durieux? Non, tout, plutôt que ce retour qu'il interpréterait mal...

Aller à la métairie? Réveiller la fille des métayers en frappant aux volets? Mais les domestiques se dérangeraient pour la recevoir et inventer un prétexte lui parut au-dessus de ses forces.

Ainsi pas d'autre asile que la nuit pour durer jusqu'au matin.

Pas une minute elle ne pensa à rentrer chez les Pecresse. Cette éventualité lui paraissait maintenant tellement impossible qu'elle n'y songea même pas.

Le Dior coulait à côté d'elle, mâle et jeune, entre ses berges fidèles. Il lui eût suffi de se retourner sur elle-même. Aussitôt elle eût été saisie, entraînée. Mais elle n'y songea même pas et on l'eût bien étonnée en lui parlant de suicide car elle ne troublait son désespoir d'aucun souci d'héroïsme. Péniblement elle se releva et gravit la petite butte du chemin de fer. La pluie tombait et l'aveuglait. Elle avançait à grands pas en trébuchant en s'arc-boutant aux mottes humides, et elle traversa les rails, puis la route. Une lumière brillante la prit, un moment, dans son faisceau et passa à toute allure dans un bruit de moteur. Elle ne se redressa pas et continua à se traîner vers Uderan.

Au moment de remonter l'allée en pente du parc, elle crut deviner la présence de quelqu'un, aux abords de la maison. Elle poursuivit son chemin sans inquiétude. Devant la porte fermée, elle s'arrêta : « Je le savais, ils l'ont verrouillée cet après-midi pour m'empêcher de rentrer », dit-elle.

Elle essaya de tourner la poignée, mais en vain. S'adossant au battant, elle commença à cogner de tout son corps. Après chaque coup, elle attendait, sachant pourtant que personne ne répondrait et combien son acharnement était stupide.

Un nom soudain tomba, elle ne sut d'où, une voix attentive à ne pas l'effrayer.

Elle s'immobilisa et répondit, d'une voix à peine surprise. Une vague inquiétude s'empara de son visage, figé par l'attention.

— Maud, que fais-tu là? Tu es folle? Je t'ai attendue toute la journée. Tu es partie comme une voleuse, ce matin...

Georges Durieux. Il riait, heureux de l'avoir retrouvée, mais elle le regardait gravement, ne comprenant pourquoi il se trouvait là.

— Ah! tu es là. Heureusement! Moi, je ne t'attendais pas, tu sais.

A la lueur de sa lampe de poche, il la vit blême, avec un regard qui révélait une extrême fatigue. Son rire fut coupé net.

Elle alla se réfugier contre la porte comme si elle eût voulu tenter d'exprimer par son attitude ce qu'elle ne pouvait plus trouver la force de dire. Il fut gêné, reconnaissant mal ses manières ordinaires.

— Mais qu'est-ce que tu veux? Parle enfin!

— Ecoute, Georges, je voudrais que tu ouvres cette porte. Je te promets que demain je t'expliquerai tout, mais pour le moment, ouvre cette porte. Ils l'ont fermée, et j'ai sommeil.

Il essaya d'ébranler le battant sans parvenir à l'ouvrir.

— Tu vois bien que c'est impossible, dit-il en secouant la tête. Ecoute, écoute-moi, à la fin...

Elle partit, après lui avoir fait signe d'attendre.

Il l'entendit descendre l'allée qui conduisait à la serre abandonnée dans le principal corps de bâtiment, et fureter dans de grands amas de ferraille et de bois qui se trouvaient sous le hangar. Il restait là, ne pouvant se dérober à ce qu'elle lui demandait.

Il était tard. Que faisait-elle encore dehors ? N'était-ce pas clair ? Il crut qu'elle venait de courir en bonne compagnie. Jean, peut-être ?...

Il eut brusquement envie de filer. Lorsqu'il se rappela qu'elle était venue s'offrir à lui aussi naturellement la veille, sa désillusion l'accabla.

Elle paraissait se soucier peu de lui, d'ailleurs. Comme elle ne remontait pas, il songea qu'elle devait tâtonner dans l'obscurité et, se rappelant tout à coup qu'au-dessus de la ferraille le métayer entassait des bûches, il craignit que le tas n'eût croulé sur elle et qu'elle se débattît sous le bois. Il courut vers l'escalier. A la lumière falote de sa lampe, il la vit remonter, une barre de fer à la main :

— Tiens, avec ça !

Georges passa la barre dans la fente qui séparait les deux battants et la porte s'ouvrit avec un fracas dont l'écho se prolongea dans les salles vides. Lorsqu'il la vit en pleine lumière, il remarqua le bouleversement de ses traits et l'espèce de changement qui s'était produit brusquement dans leur expression. Les yeux gris de Maud disparaissaient presque sous l'enflure des paupières, et l'aspect même de son visage semblait ainsi détruit. Sa bouche, blanche et desséchée, ses cheveux qui s'éparpillaient en mèches trempées et la grande tache terreuse qui souillait sa robe humide achevaient de la rendre méconnaissable.

Son sentiment pour elle ne parvenait pas à tourner cette difficulté. Il n'essaya même pas de comprendre. Il se tenait devant elle, immobile.

Elle se coucha, et ramena le drap sous sa gorge, d'un mouvement enfantin et égoïste qui l'écartait définitivement de ses préoccupations. Elle lui demanda quelque chose, les yeux à demi fermés. Il tira les lourds rideaux, puis alluma sur la table de nuit une petite lampe à huile, qui inonda la chambre d'une lueur tremblante.

Enfin, il s'assit près du guéridon, et comme Maud l'avait fait chez lui la veille, il scruta les lieux, regarda machinalement ce décor luxueux et triste. D'habitude, elle le recevait dans la salle à manger. Partout, une épaisse poussière était visible, sur le baldaquin du lit, sur les rideaux grenats.

Elle ne disait plus rien. Sa respiration s'élevait si régulièrement qu'il la crut endormie, et soudain ce sommeil incarna pour lui toute la perversion humaine. Elle se dérobait à ses questions.

— Maud, me diras-tu enfin quelque chose?

Elle s'étira douloureusement, mais sourit, rafraîchie déjà par cette première plongée dans le sommeil.

— Je suis sûre que c'est la Pecresse; je l'ai vue ce

matin au bout de l'allée lorsque je suis sortie de chez toi...

Il se leva d'un sursaut et la pressa de répondre à ses questions qu'il posait d'une voix brève et nette.

— A quelle heure es-tu sortie?

— Comment t'ont-ils fait comprendre que...?

Il n'attendait pas la réponse, devinant enfin, au fur et à mesure de ses interrogations, ce qu'elle lui cachait. Puis, d'une voix adoucie :

— Tu t'es enfuie, hein?

Sans parler, elle retourna son visage dans l'oreiller.

Debout au pied du lit, il la regardait dormir. Sa longue silhouette se penchait pour mieux l'observer. Elle semblait le guetter ironiquement à travers ses cils rapprochés dont la lueur de la petite lampe allongeait l'ombre jusqu'aux pommettes. Jamais il n'aurait pensé qu'un visage endormi pût avoir ce relief émouvant. La pensée qu'elle avait dormi une nuit entière à ses côtés le troubla autant que s'il ne l'eût pas connue.

Elle courait à cette catastrophe depuis des semaines, mais lui, qu'avait-il fait pour mériter qu'elle ne lui adressât même plus la parole? Ainsi, naturellement, il se dérobait.

Parfois un courant d'air arrivait par la porte mal fermée et rafraîchissait la chambre. Maud se tournait et se retournait. Il lui arrivait de sourire et de murmurer des mots indistincts.

Pour la première fois, Georges pensa au lendemain avec lassitude. Il mesurait exactement la violence des feux croisés que le Pardal et la

Pecresse dirigeaient sur Maud et il aurait voulu s'y soustraire.

Une paix profonde régnait toujours sur la campagne et sur le parc. Georges partit, redoutant tout d'un coup qu'on pût le trouver là, le jour venu. L'air glacé répandait une odeur végétale. Il l'aspira de toutes ses forces. Un sentiment de liberté le ressaisit soudain. N'était-il pas un peu ridicule? Il allait avoir des ennuis avec la famille, mais Jacques avait intérêt à le ménager... Les événements l'aideraient; les Taneran ne tarderaient pas à s'en aller. Uderan serait vendu. Maud disparaîtrait.

Cependant, pendant un instant, il souhaita qu'elle reparût une fois encore avant leur départ.

C'était une belle journée. Maud avait soigné sa tenue, lavé la tache de sa robe, elle s'était coiffée. Dès qu'elle fut hors de la maison, la chaleur la pénétra et lui fit du bien.

Sur le chemin de la métairie, les arbres dessinaient des ombres arrondies et déjà courtes. Il ne devait pas être loin de midi.

De chaque côté du chemin, s'étendait une série de vallonnements dont l'allée aux fruits, au milieu du plateau d'Uderan, constituait l'arête centrale. Maud découvrit peu à peu ce paysage.

La vieille maison d'Uderan lui était dérobée à moitié par la courbe du chemin. Trop grande, quasiment inutilisable, elle étalait ses murs nus sur lesquels de place en place, régulièrement, s'alignaient de hautes fenêtres à persiennes. A cause de ces murs qui n'étaient plus très droits, de son toit cahoteux, on eût dit qu'elle avait subi la pression d'une force intérieure à laquelle elle résistait toujours. Au fond, elle était encore très solide. Elle avait été construite par de riches paysans du Pardal, et en elle, se résumaient toute la patience et l'économie paysannes. On racontait au Pardal que cinq frères et sœurs avaient contribué aux frais de sa construction à la fin du dix-septième siècle. Bien après, un bourgeois avait acheté la propriété et fait planter un parc autour d'elle.

Maintenant les paysans en riaient parce que Uderan n'était jamais tombé dans de bonnes mains. Ce qu'ils en enviaient, c'était la terre alentour, car ils étaient devenus insensiblement, au cours des siècles, indifférents à toute autre richesse qu'à celle qui fructifie. « Je vous demande un peu qui voudrait l'habiter! Elle contiendrait dix familles; la terre passe encore! Mais la maison, faudra chercher loin pour trouver un acquéreur... »

Seule, la Pecresse désirait y installer son fils, ne trouvant rien qui fût digne de cet aigle dans les communes de Semoic et du Pardal.

La femme du métayer aperçut Maud et vint à elle avec empressement. La Dedde était brune et jeune encore, avec une figure fine et luisante où couraient et s'entrecroisaient de fines veinules sombres, aux pommettes. Elle avait beaucoup vieilli et maigri depuis dix ans et la chair amollie de ses bras ressemblait à celle d'un fruit trop mûr, tandis que, sur son cou, se formaient maintenant lorsqu'elle parlait des petits plis soyeux.

A voir Maud à une heure aussi inhabituelle elle s'étonna un peu, mais se garda de montrer sa curiosité...

— Vous allez bien prendre quelque chose, mademoiselle Maud?

— Je ne demande pas mieux, madame Dedde, donnez-moi ce que vous avez.

Maud rougit malgré elle. La femme la servit et fut heureuse de la voir avaler une tasse de café au lait avec un tel contentement. Tout en vaquant à sa besogne elle la regardait à la dérobée. Elle avait connu Maud tout enfant et elle l'aimait bien, sans que la jeune fille lui plût vraiment peut-être. Elle lui préférait Henri, parce qu'elle l'avait vu naître et qu'elle l'avait nourri en même temps que sa fille.

— Qu'est-ce qu'on entend? demanda Maud. Ce sont les bêtes?

— Oui, la petite est à la messe et il leur tarde de sortir par ce beau temps.

Puis, de l'air le plus naturel :

— Dites, au fait, je crois que Madame vous cherchait hier; elle avait l'air bien inquiète, la pauvre; c'était bien à tort, comme je lui ai dit. Comme elle est nerveuse en ce moment, Madame!

— C'est parce que mon frère a changé d'avis, dit brusquement Maud. Il n'est plus décidé à rester. Vous ne le saviez pas? Vous comprenez que ça ennuie maman, après tous les frais qu'on a faits encore ces derniers temps... Moi je trouve qu'on devrait vendre maintenant.

— Je ne dis pas, mademoiselle, mais Madame manque d'autorité. Vous croyez qu'elle n'aurait pas dû s'en apercevoir? Et ces meubles qui attendent à Semoic? Ça nous fait souffrir, nous, ce que l'on raconte... La Pecresse est venue dire à Dedde qu'elle les avait payés et elle n'entend pas qu'on aille les chercher. Si elle ne le disait qu'à nous... Mais elle fait tout pour vous nuire. Ça m'étonne d'elle, parce qu'elle est intelligente et ce n'est pas son intérêt de vous laisser partir.

Maud ne s'en allait pas, bien qu'elle eût fini de

manger. La métayère remarqua qu'elle regardait sans cesse du côté des Pecresse. La jeune fille jugea inutile de lui expliquer pourquoi elle n'était pas à la messe. Elle redoutait de voir apparaître sa famille qui allait s'y rendre.

La femme sortit un moment et revint avec un grand seau qu'elle versa dans une marmite.

– Tiens! la petite qui revient déjà de la première messe!

Elle eut l'air de réfléchir et eut le ton joyeux de quelqu'un qui a trouvé exactement les termes de ce qu'elle veut exprimer.

– J'oubliais de vous dire, mademoiselle Maud, votre amie Louise Rivière est en vacances. Vous pourriez peut-être aller la voir.

Tandis que Maud se dirigeait lentement vers la porte, la Dedde lui murmura tout bas :

– Vous savez, pour ce qui est de manger, quand cela vous dira, mademoiselle...

Maud se retourna et se força à sourire. La métayère avait deviné quelque chose et la jeune fille se troubla.

Elle décida d'aller voir Louise Rivière. Depuis son arrivée, elle n'avait vu personne en effet, et, en attendant d'aviser à autre chose, cette visite occuperait son après-midi. La Dedde avait raison.

Elle arrivait au bord du dévalement que formaient les prés d'Uderan au-dessus du Riotor. Instinctivement, elle se mit à courir, mais trouvant inutile tout à coup de courir ainsi, elle ralentit son allure.

La petite villa de Mme Rivière, solidement agrippée à l'autre versant de la vallée, ne l'attirait pas beaucoup.

Louise était la fille d'une veuve de guerre qui, à force de sacrifices, l'avait élevée très convenablement. De sorte que celle-ci était autrefois la seule enfant du village à fréquenter Maud Grant. Si chaque jeudi elle venait à Uderan, cela ne l'amusait peut-être pas beaucoup.

Maud gardait de cette enfant si pâle, dans son tablier d'écolière, un souvenir blafard. Louise regrettait les champs et les prés d'alentour où elle eût aimé jouer et se mêler aux autres enfants du village. Maud essayait de retenir à force de supercheries celle qui allait à l'école et amassait dans sa petite tête camuse des racontars sans fin. Maud, elle, n'apprenait que par hasard avec sa mère et n'avait jamais encore fréquenté une école. Devant la petite d'Uderan, Louise se fermait à clé, devenait muette, et, les bras croisés dans le dos, attendait qu'on l'amusât. A peine consentait-elle, vers la fin de l'après-midi, à bercer une poupée, mais nerveusement, par pure singerie. Lorsque l'heure du retour arrivait, c'était une fuite éperdue. Maud accompagnait son amie jusqu'au Riotor et remontait seule ensuite, en flânant, jusqu'à la nuit.

Elle n'éprouvait aucune curiosité à revoir Louise, mais seulement un peu de gêne...

Les deux femmes finissaient de déjeuner. Mme Rivière s'affairait dans la salle à manger et Louise chantonnait en se balançant sur une chaise. Un ordre parfait, un goût naïf révélaient la présence de femmes seules dans la maison. Mme Rivière s'arrêta net et dit sans aucune surprise dans la voix :

– Tiens! voilà Maud.

Elle lui tendit ses joues pâles et un peu huileuses

par-dessus la pile d'assiettes qu'elle tenait. Louise poussa des cris de surprise et se leva bruyamment, feignant un contentement exagéré. Malgré le fard qui l'enjolivait sans aucun doute, Maud aurait reconnu entre tous ce petit visage au teint malsain, aux yeux froids et dans lequel la bouche étriquée se convulsait lorsqu'elle parlait.

— La Dedde m'a appris que tu étais rentrée de Bordeaux. Aussi suis-je venue, dit Maud.

Sans qu'on l'y ait invitée, elle se laissa tomber sur une chaise et s'essuya le front du revers de son bras nu et frais.

— Comme c'est gentil! s'exclama Louise. Justement je me promettais d'aller te voir chez les Pecresse. C'est bien là que vous logez?

Elles échangèrent des banalités. Entre chaque sujet, vite épuisé, le temps passait, chaud et lourd pour Maud. Quelques mouches égarées volaient par instants et s'abattaient ensuite sur les vitres, anéanties. L'été sévissait tout autour de la maison, immobile, presque livide à force d'ardeur. Il fallait attendre que passât le moment le plus dur du jour, l'aiguillon de chaleur. Maud n'avait pas le courage de s'en aller. Et cette impuissance à fuir plus loin encore la désespérait.

Mme Rivière et sa fille la regardaient un peu étonnées de la voir aussi silencieuse. Elles se lançaient des coups d'œil de surprise. La mère demanda à Maud des nouvelles de Mme Taneran. Maud les dévisagea toutes les deux afin de s'assurer de leur sourire qui faisait penser au « beau fixe » du baromètre. Elle leur répondit qu'elle allait le mieux du monde.

Puis elle se mit en devoir de rappeler à Louise

leurs souvenirs communs. Se souvenait-elle des jeudis d'Uderan, des tristes jeudis? Oui, elle avait changé, et embelli sûrement...

Les phrases et les rires des deux femmes passaient au-dessus de Maud comme dans le ciel passent les oiseaux qu'on ne distingue pas mais qui font partie du paysage. Elle avait de la peine à écouter leurs paroles et n'y arrivait que par instants.

Louise se découpait sur la fenêtre et se balançait toujours sur sa chaise. La chaleur et le soleil qui commençait à ramper par-dessous le store de la porte lui mettaient le feu aux joues. Elle rutilait de bijoux de toutes sortes. On ne la remarquait peut-être que grâce à cet attirail de parade, grâce peut-être aussi à ce corps bien pris, d'une minceur et d'une souplesse singulières, une taille flexible qu'on eût dite offerte à la main.

Lorsqu'elle eut constaté ce que ce visage avait d'impérissable, Maud finit par trouver un changement chez Louise. Aimable sans raison, elle avait gagné en fausseté, en coquetterie. Elle débordait d'une affabilité mielleuse, déjà aussi habituelle dans ses manifestations que chez une femme faite. On la sentait mûrie par une puissance de réflexion et de calcul peu commune chez une jeune fille. Elle n'était pas encore mariée, bien qu'elle eût deux ans de plus que Maud, c'est-à-dire vingt-deux ans, parce que, dans les deux villages, peu de partis lui auraient convenu de par son instruction qui la surclassait et de par son bien qui était bien mince, inexistant. Si jeune, elle souffrait déjà atrocement de vieillir. Elle était déchirée entre une ambition démesurée et le désespoir de ne pas y faire face.

Son excessive nervosité rendait ce dilemme à la fois tragique et irritant.

Elle désirait aller au Pardal et se mit à déployer une ingéniosité habile pour essayer de s'y faire accompagner par Maud. Cette promenade déplaisait manifestement à Mme Rivière. Louise entraîna son amie dehors et lui expliqua brièvement :

— Il faut que j'y aille. C'est une rude chance que tu sois venue. Il faut que tu acceptes...

Maud acquiesça. Louise remonta vers chez elle en courant et revint s'étendre d'une seule masse dans l'herbe. La permission qu'elle venait d'obtenir la remplissait d'une satisfaction si violente qu'elle faiblissait, heureuse et détendue, sous la perspective de son plaisir.

Les heures les plus chaudes étaient passées et le vent se levait.

— Tu comprends, Maud, c'est à la sortie des vêpres. Il ne faut pas que je rate la sortie... Tu ne peux pas deviner...

Maud n'insista pas, ne sollicita aucune confidence. Elle se sentait calme, et ne pensait à rien. Etendue, les bras en oreiller, sous sa tête, elle écoutait :

— Tu sais, Maud, tu vas être étonnée et pas si contente que ça, au fond. C'est ton frère Jacques qui m'attendra à la sortie des vêpres...

Le visage de Louise devint grave, une certaine férocité apparut.

— Ça m'est égal, Louise, que veux-tu que cela me fasse ?...

— Figure-toi qu'il est passé dans l'après-midi,

hier. J'étais en train de garder la bête. Il m'a demandé précisément si je t'avais vue...

Elle marqua un temps d'arrêt. Maud ne répondit pas et elle reprit, sur un ton confidentiel :

— Nous avons bavardé, il m'a demandé de venir à la sortie des vêpres. Nous irons nous promener...

A plat ventre sur l'herbe, elle ruminait son plaisir.

Maud, les yeux levés, ne cillait pas sous le soleil. Le ciel d'un bleu uni moutonnait et s'altérait sans cesse au sud. On éprouvait une joie à le contempler.

Et toujours la voix de Louise, frêle et aiguë :

— Ah! ton frère, ce qu'il peut être bien, tu sais!... Et puis chic, quoi! Pas comme ceux d'ici, des nigauds!...

— Qu'est-ce que tu veux en arriver à me dire? demanda Maud. Si c'est au sujet de Durieux, tu peux y aller...

Louise sourit bêtement et rougit un peu. A vrai dire cela l'intéressait moins que sa propre aventure.

— Maman ne le croit pas, elle t'aime bien. Moi aussi remarque, mais je comprendrais très bien certaines choses. Je suis très affranchie, tu sais. Puis on en raconte de si bizarres sur vous autres, sur toi...

Elle n'ajouta rien, parce que Maud trouva bien inutile de l'y encourager.

Elle se remit sur le dos et regarda le ciel, les yeux clignotants. Elles n'avaient vraiment rien à se dire et pensaient toutes deux que leur amitié n'existait pas, que dès leur petite enfance et quoi qu'elles eussent fait pour la provoquer, elle s'était muée en une radicale antipathie.

Il faisait une belle journée de juin, malgré la chaleur.

A cause des ondées récentes, l'herbe était grasse et juteuse, l'air embaumait la sève.

Des grives volaient bas au-dessus des champs et froissaient l'air du bruissement velouté de leurs ailes. De la cime des hauts peupliers du Riotor, des chardonnerets chantaient, parsemant l'azur de leurs notes voluptueuses et triomphantes. D'autres cris d'oiseaux arrivaient, proches ou lointains, perçants ou modulés, et on devait prêter l'oreille tant il y en avait, pour en distinguer un, isolément. Entouré des bois d'Uderan, le silence semblait reposer sur ces innombrables murmures d'oiseaux.

Parfois, pareilles au déferlement d'une vague qui meurt, des bouffées de vent tiède traversaient le feuillage des arbres.

Et tout à coup s'ébranlèrent les cloches du Pardal. Aussitôt pas une particule d'air qui ne se mît à vibrer, pas un brin d'herbe, pas une feuille qui ne reçût ce frémissement.

Comme Maud ne bougeait pas, Louise se dressa, cette fois péremptoire. Sa bouche rentrée sous le coup d'une colère subite, elle cria :

— Alors? Les vêpres sonnent; n'oublie pas ce que tu m'as promis. Si je veux y être à la sortie, il faut partir tout de suite.

Maud dit seulement :

— Si je n'étais pas venue qu'aurais-tu fait d'autre? Cours donc; je m'arrangerai si ta mère te demande.

L'autre hésita et se décida. Mais avant de partir elle posa une question que jusque-là elle avait tue, de peur de perdre la complicité de Maud.

— C'est vrai que vous vendez?

Maud fit un signe évasif.

— Et ce serait à cause de toi? Tu peux prétendre le contraire, c'est Jacques qui m'a renseignée. Je te préviens : tout le monde est pour lui ici, on le connaît bien, lui. Oh! je sais que tu crèves d'orgueil.

Dressée, elle dévisageait Maud, restée étendue à ses pieds; jamais autrefois elle ne se serait exprimée avec une telle hardiesse. Elle y prenait maintenant une espèce de plaisir si intense qu'elle dépassait sa propre intention de méchanceté. Elle s'écoutait parler et fermait les yeux avec ravissement après chaque phrase qu'elle décochait.

— Et cette fiancée de Jean Pecresse? Cette pauvre petite abandonnée? Tu crois qu'elle est tombée dans le Dior de la terrasse de chez Barque, comme ça, bêtement? Tu as de la chance qu'elle n'aie personne, une chance dégoûtante...

Maud sentit qu'elle se tenait maintenant au sommet de sa colère, comme au haut d'un balcon d'où elle eût contemplé sa victime. Brutalement, elle partit après avoir cherché vainement à assener un coup magistral.

— Puis, après tout, tu me fais pitié, au revoir!

Elle courut vers le Pardal, les bras ballants, sans se retourner une seule fois.

Maud cligna des yeux doucement et la regarda partir. Elle revit encore une fois sa petite face de dévoyée, plaquée contre le ciel, qui vomissait l'insulte.

Peu à peu, durant l'absence de Louise, le jour se mit à décliner.

De l'autre côté du Riotor, la métairie d'Uderan et les cheminées du Pardal exhalèrent bientôt des fumées qui s'élevaient, fragiles, dans le ciel calme; après s'être étirées un instant elles obliquaient et rampaient au-dessus de la forêt de chênes qui dominait le village.

L'heure du dîner approchait et le dimanche se terminait à ce moment précis où les hommes rentraient pour ne plus ressortir. Louise ne revenait toujours pas, bien que les vêpres fussent finies depuis longtemps.

Maud se demandait quelle était cette douceur qui montait du soir, si dure à son cœur.

Sans le voir, elle regardait le paysage où s'était écoulée son enfance : la sapinière majestueuse et d'une stricte ordonnance, haute comme une nef d'église, le Riotor qui s'enfonçait telle une lame dans le bas des prairies. On entendait sa rumeur rapide et sourde qui emplissait la vallée jusqu'au bord.

Maud songea que sa mère et ses frères revien-

draient bientôt au Pardal. Mais elle se trouvait
trop loin pour les voir passer. Elle entendit la porte
de Mme Rivière se fermer et les volets se rabattre.
La femme n'appela pas, mais Maud devina qu'elle
venait de temps en temps sur le seuil et épiait le
chemin du Pardal. Elle ne vit pas Maud qui
attendait dans le champ derrière la maison, en
contrebas.

Comment son aventure s'était-elle ébruitée?
Quoi qu'en eût dit Louise, Maud pensa que la
Pecresse parlait autour d'elle. Elle éprouvait envers
cette femme une répugnance telle que les siens lui
apparurent dotés tout à coup, par contraste, de
mérites inattendus.

Elle était sûre qu'ils n'avaient rien dit. Jacques
lui-même devenait discret lorsqu'il s'agissait de sa
famille.

Une solidarité secrète les unissait profondément
et faisait une véritable famille...

Et elle-même faisait partie de ce clan quoi
qu'elle fît. Elle fut tentée de revenir, de terminer là
sa course errante et stupide. Mais l'entêtement la
rivait au sol. D'autant qu'elle voyait mal comment
s'y prendre pour retrouver sa place près des siens,
de quelle manière tenir son rang, auprès de Jacques et de sa mère.

Qu'allait-elle devenir? Privée des difficultés quo-
tidiennes qu'elle rencontrait à vivre chez elle, elle
s'accoutumerait mal à une existence paisible. La
condamnation générale ne l'effrayait pas. Tout au
contraire, elle la croyait justifiée. Les gens, indifférents, fantasques, elle les redoutait bien davantage
désormais.

Son isolement l'impressionnait plus que ne

l'avaient fait la méchanceté de son frère, les bassesses de Taneran elles-mêmes dont elle parait les
coups sans peine.

Elle serait revenue vers sa mère, mais Jacques
devait monter la garde contre le nouvel ennemi,
effrayant, fort de sa faute à elle.

Le dégoût l'empêchait de revenir, le dégoût de
son frère, des justes griefs qu'il possédait maintenant contre elle.

Quelle place tenait cet homme dans leur univers
familier, chaque jour plus dominante! Depuis leur
départ de Paris, il ne lui inspirait plus de terreur,
elle le jugeait plus froidement. On imaginait mal
comment ce vieil enfant quitterait un jour sa mère,
sa famille qui le définisssait, l'entourait de soins et
d'honneurs. Ailleurs en effet, il se laissait facilement terroriser par les gens, manquait totalement
d'audace.

Il était difficile à Maud d'évoquer Jacques sans
éprouver encore un sursaut d'horreur. Elle ne se
souvenait pas d'avoir pu le regarder une seule fois
en face ni osé affronter un tête-à-tête avec lui, sans
frémir.

Lui ne s'apercevait pas de la répulsion qu'éprouvait sa sœur à son égard. Sa colère passée, il
revenait volontiers vers elle; cet oubli désarmant,
cette satisfaction de lui-même que rien ne troublait, exaspérait Maud plus encore que ses injures.

Depuis la mort de sa femme, leur animosité
réciproque s'était tellement aggravée que leur vie
dans un sens s'en trouvait facilitée. Le souvenir de
la somme d'argent que Jacques ne rendait toujours
pas et de laquelle Maud ne parlait jamais, irritait

Jacques comme une faute impardonnable de sa part. Hier soir, encore, à bout d'arguments, il s'était servi de ce prétexte ne pouvant supporter l'idée que Maud pût se prévaloir contre lui de quoi que ce fût.

Jusque-là, aucun prétexte ne leur avait paru suffisant pour justifier l'explosion d'une haine chaque jour plus vive. D'ailleurs, quels prétextes assez forts n'eussent-ils pas dû trouver pour satisfaire une rancune qui se passait de motifs? Elle en était devenue pour eux à demi irréelle, imaginaire, et ils avaient été près de pouvoir s'installer en elle, comme dans l'une de ces hypothèses effrayantes et commodes, reposantes, tant que rien ne vous force à les examiner de trop près.

Maud s'en voulait un peu d'avoir par sa conduite futile troublé la paix qui existait entre elle et Jacques.

*

Louise revint seule du Pardal et Maud comprit à son allure qu'un événement fâcheux était survenu. Elle marcha vers Maud, cynique et résolue. D'où venait-elle? Ses yeux étaient gonflés, sa face lavée de larmes, tellement altérée que la ressemblance de ce masque de colère avec son propre visage en semblait d'abord surprenante. Tout éclat avait disparu de sa personne comme si elle n'eût dû celui qui la transfigurait d'habitude, qu'à l'attente fébrile du plaisir.

— Il ne m'a même pas regardée à la sortie des vêpres, cria-t-elle. Il n'avait d'yeux que pour cette grande bécasse de Dedde qui les accompagnait, lui et ta mère...

Elle arracha la jeune fille à sa rêverie, l'obligea à la regarder, à porter un jugement sur ce qui venait de se passer.

— Assieds-toi un moment, finit par dire Maud, tu ne peux pas rentrer avec cette tête-là. Tu dis donc qu'il était avec la fille Dedde?

L'autre confirma son premier récit en étalant avec une incroyable impudeur sa déception. Ce n'était pas la première; les jeunes gens se moquaient d'elle. Elle cherchait vainement le moyen de se venger.

— Jamais tout de même on ne m'a fait ça. Il n'a même pas eu l'air de me voir, et pourtant, ses yeux se sont portés sur moi. Je n'ai pas osé approcher, à cause de ta mère.

Maud devinait que la métayère avait envoyé sa fille prévenir Mme Taneran de la visite de Maud. Quant à la muflerie de Jacques, il y avait long-temps qu'elle avait cessé de s'en étonner.

— Ne pleure pas, dit-elle. Il en aura vite assez de la Dedde et il ne tardera pas à venir te relancer. Dans deux ou trois jours, tout au plus, si toutefois tu le veux bien.

Mais Louise se redressa :

— Tu me dégoûtes! cria-t-elle. Tu accepterais cela, toi, peut-être! Evidemment, puisque tu cours avec Durieux, qui a traîné derrière toutes les filles de la région. Ah! vous êtes des gens sans dignité, de sales gens...

Elle s'en alla sur ce trait. Des paroles différentes eussent au fond étonné Maud, alors que celles-ci la satisfaisaient par leur sincérité, leur violence si spontanée.

Encore une fois, après le départ de Louise, ce fut la solitude dans l'étroite prairie envahie par l'ombre. A vrai dire, la nuit fut lente à venir, mais en Maud sa ruée fut brutale et décisive. Elle crut se réveiller dans le noir tout à coup. Des lumières brillaient au loin sur l'horizon. Plus de cris d'oiseaux, mais, des fourrés environnants, lui arrivaient des cris de grillons et des bruits de fuite mystérieuse. Elle entendit un sifflet très lointain : le dernier train de Bordeaux, celui de neuf heures. D'habitude, au temps de son enfance, c'était d'une cuisine chaude ou pendant une veillée paisible qu'elle entendait ainsi l'appel de la locomotive. Elle sifflait plusieurs coups à intervalles réguliers, séparés entre eux par de véritables gouffres de silence, au fond desquels semblaient se tapir d'obscurs dangers, de sourdes menaces. Le convoi descendait la pente du plateau vers Semoic dans un crissement infernal de ferraille. Le tournant était dangereux, toujours plongé dans la brume et masqué par les aulnes d'Uderan. On imaginait le surgissement de ce monstre enfanté par la brume et les bois.

La maison de Durieux se trouvait assez loin de l'endroit où se tenait Maud. Pour l'atteindre elle dut descendre, puis remonter les pâtures du Riotor. Elle enfila ensuite le chemin creux dans sa partie plane, coupa par des champs de luzernes et traversa le village.

Arrivée devant la maison de Georges Durieux, Maud s'arrêta net, aussi brusquement qu'une machine. Au bout de l'allée de cyprès, masquant la porte d'entrée, une auto attendait. Des amis sans doute, venus de Bordeaux par ce beau dimanche.

Maud hésita. Aucun prétexte valable pour justifier sa visite à Georges ne lui vint à l'esprit. D'ailleurs, quelles excuses pourraient-elles la mettre à l'abri de la perspicacité des visiteurs qui devineraient, croyait-elle, ne serait-ce qu'à son allure, sa pitoyable aventure? Sa misère semblait collée à son corps, telle une puanteur tenace. Sa robe froissée, ses souliers sales proclamaient son aventure, de même que sa mine qu'elle sentait fatiguée et tirée.

Cependant elle ne se décidait pas à repartir. Où aller? Elle envisagea avec effroi la nuit prochaine qu'elle passerait à rouler dans la campagne. La pensée de sa chambre close, à Uderan, la fit frémir de dégoût. La faim et la fatigue tourmentaient déjà son corps et son esprit. Ne s'était-elle pas sauvée de peur, tout à l'heure, en remontant du Riotor? A force d'être seule, sa propre présence la torturait maintenant et elle souhaitait retrouver Georges.

Parvenue à mi-chemin entre la maison et la route, elle attendit. Georges ne sortait toujours pas et le temps s'écoulait sans que Maud s'avouât son impatience.

Un moment passa et la lune apparut. Maud quitta le milieu de l'allée et s'appuya à la façade de la maison. Après l'obscurité du crépuscule, la douce clarté qui baigna soudain le paysage la réconforta.

Du côté opposé à celui où elle se tenait la lumière jaillissait des croisées ouvertes. A l'intérieur on parlait et on riait, mais elle reconnaissait mal la voix de Georges qui se mêlait rarement à la conversation. Si grande était sa lassitude que lorsqu'un rire fusait, elle en recevait la décharge dans le vif de sa chair, douloureusement.

Rien n'occupait précisément son esprit maintenant. Des impressions contraires continuaient seules à passer en elle, à s'y succéder, très nombreuses, et sans lien comme sans contrôle, à la faveur de sa faiblesse et de son désemparement. Mais tous les sentiments qu'elle éprouvait ne faisaient que la traverser, la laissant chaque fois plus compréhensive et plus calme.

Ainsi, et bien qu'elle ne songeât pas à revenir, l'attitude de son frère prenait une valeur toute relative dans l'ordre nouveau des choses qu'elle venait de découvrir. A elles seules, les circonstances s'étaient chargées de définir l'homme qu'il était, dur, et anormal, capable de toutes les bassesses. Elle saisissait enfin la pauvreté de sa défense contre elle, contre un danger tout imaginaire dont l'idée le possédait.

Tout à coup, des chiens aboyèrent joyeusement au loin. Elle reconnut immédiatement les griffons des Pecresse qui mêlaient leurs voix jumelles.

Une lueur falote de lanterne tempête apparut à la hauteur du sentier qui reliait Uderan à la propriété des Pecresse. Si on la recherchait, elle aurait dix fois le temps de s'enfuir. L'idée que l'on s'inquiétait d'elle, l'émut un peu. Des larmes lui vinrent, qui traçaient sur ses joues de frais sillons. Ils n'étaient pas heureux eux non plus, là-bas. Personne ne l'avait jamais été chez elle. Ils vivaient dans le désordre et leurs passions donnaient aux événements les plus ordinaires un tour à part, tragique, et qui vous enlevait toujours davantage l'espoir de posséder jamais le bonheur.

Mais lorsqu'on vous avait trop fait souffrir, ensuite on vous recherchait et on vous ramenait de gré ou de force. Seul cet ultime remords prouvait qu'on tenait à vous d'une certaine façon et que, sans vous, quelqu'un eût manqué à la maison. Ces pensées la touchèrent d'abord, mais elle ne tarda pas à résister à son émotion.

Non, elle ne reviendrait pas. C'était bien inutile maintenant qu'elle avait parfaitement compris comment leur attachement se manifestait. Jacques prenait plaisir à vous humilier, puis il s'efforçait de vous rassurer lui-même, afin de ne pas perdre complètement ses victimes. Non, au grand jamais, elle ne reviendrait.

Mais n'avait-on pas appelé? La fantôme de sa mère la frôla, si tendre dans son souvenir, bon comme l'été qui reviendra et auquel on pense alors qu'on est encore en hiver. Elle ne bougea pas, mais ne put empêcher ses larmes de couler.

Bientôt, d'ailleurs, la lueur de la lanterne disparut dans le parc d'Uderan. Il se passa un long moment sans qu'elle reparût sur le plateau. Les chercheurs devaient revenir en contrebas de la route, le long du Dior.

« Nous verrons bien si elle est à Uderan ou quelque part sur la route, avait dû dire Mme Taneran. Si elle est ailleurs, tant pis... »

Ils ne la rechercheraient pas chez Georges Durieux, elle le savait.

Le courage lui revint d'un seul coup. Elle frappa. Comme on ne lui répondit pas, elle poussa la porte et resta immobile sur le seuil aussitôt reprise par l'envie de fuir.

Dans la lumière qui l'éblouissait, elle ne put d'abord distinguer personne. Au bout de quelques secondes quelqu'un s'aperçut cependant de sa présence et poussa un petit cri de surprise. Alors, Georges vint à elle. Aussitôt, à ses yeux, il mesura l'immensité du désarroi qui la lui rendait. Il avait toujours espéré qu'elle reviendrait, mais, pour l'instant, un peu gêné, il ne songeait pas aux raisons de son retour. Comme elle se taisait, il eut peur qu'elle ne se sauvât avant qu'il l'eût atteinte.

— Viens t'asseoir, viens, souffla-t-il.

Personne n'entendit, ne perçut l'autorité qu'il mit dans ce tutoiement à peine murmuré.

Lorsqu'elle fut dans la lumière, il remarqua qu'elle était belle, qu'on la trouverait belle, si étrange que fût son attitude. Il avait souvent ramassé des bêtes blessées dans les bois, lors de ses chasses. Elles avaient alors une expression identique à celle de Maud, un air égaré et surpris, d'une intensité mystérieuse, comme si elles voulaient vous communiquer une découverte d'infiniment de prix, à ce moment où leur inconscience s'évanouit tout entière et où elles aperçoivent ce qu'elles auraient pu vivre si elles avaient su quel mal les menaçait, qui vient de les tuer.

Cependant, Georges se sentait fier, parce que Maud était belle. Bien qu'il l'eût tuée lui aussi, à sa façon cruelle et inconsciente d'homme, il se sentait joyeux de l'avoir reconquise et il la présenta avec assurance.

— Mademoiselle Grant, vous savez, du domaine d'Uderan.

Maud s'efforça d'être attentive à lui plaire. Elle resta silencieuse et arbora un sourire posé sur ses traits comme un masque, mais qui n'effleura pas ses yeux. Maintenant qu'elle se trouvait chez Georges, à la fin de la course, elle se sentait bien. Les invités ne l'intéressaient pas; elle les voyait à peine au fond, mais attendait leur départ sans impatience...

L'après-midi était comme la moelle du jour.

Devant elle, le paysage montait d'un large et lent mouvement jusqu'à la crête d'Uderan et la maison avait l'air de tituber sous l'assaut de cette vague de terrain. Maud en se levant apercevait Uderan au premier plan du paysage, plus loin, la vallée du Dior et la maison des Pecresse dont le toit seul apparaissait. Le Pardal étant sous la lame, pour ainsi dire, elle ne pouvait le découvrir.

Elle tenait dans ses mains un livre qu'elle ne lisait pas.

Quand, par hasard, quelqu'un passait au bout de la trouée que formait l'allée de cyprès, elle se retirait de la fenêtre, sans émotion aucune, mue par une sorte d'automatisme et se tenait cachée derrière le mur, un instant; puis elle reprenait sa place habituelle...

Lorsque Georges était parti, au début de l'après-midi, il n'y avait plus que la vieille domestique qui faisait au rez-de-chaussée, dans la cuisine, une rumeur monotone. Parfois, elle parlait toute seule et il était rassurant de l'entendre, même en sachant qu'elle grognait après vous. Mais bientôt, elle aussi s'en allait, fermait la porte d'un tour de clef et Maud distinguait avec une netteté prodigieuse le bruit assourdi de ses pas le long du mur...

La chaleur stagnait autour de la maison, comme une mare. Les premiers temps, Maud avait essayé de se tenir dans la grande salle du bas, mais elle y renonça rapidement.

Elle ne pouvait vivre, en effet, privée de ce paysage qui, s'il lui était dérobé en partie, atteignait cependant un horizon lointain, et, au-delà du Dior, une contrée foisonnante de peupliers, plate et lumineuse. Certains jours, la chaleur était telle qu'elle fumait littéralement des champs de blé et s'irisait en une grande nappe verticale à travers laquelle le paysage semblait pleurer.

Parfois, Maud était prise d'une angoisse fugitive. On frappait à la porte du bas ou encore des chiens aboyaient. Elle se réveillait de sa torpeur. Le sentiment de l'approche d'un danger quelconque était devenu pour elle une sorte de distraction énervante dans ce calme que rien ne troublait. Lorsqu'elle arrivait à lire un peu, ou à fixer momentanément son esprit d'une façon ou d'une autre, elle se retrouvait ensuite dans un état d'ahurissement profond. Les raisons de sa fuite lui semblaient alors puériles. Elle n'était point dupe, mais aimait à s'imaginer qu'elle l'était. Un espoir la soulevait et elle aurait bien ri ou crié si elle n'eût pas été aussi seule. En général, du reste, elle ne lisait pas longtemps, car elle parvenait très difficilement à suivre le fil d'un récit; l'effort la décourageait vite, elle qui n'avait vécu jusque-là que dans une dure tension de sa volonté...

Depuis plus de quinze jours déjà, personne

n'était venu la demander. Lorsque Georges allait au village, les paysans ne marquaient à son égard aucune curiosité. Un silence complice les entourait. On lui avait appris cependant qu'Uderan venait d'être mis en vente et que plusieurs acquéreurs s'y intéressaient. Mais il se garda bien d'en rien dire à Maud.

Il la laissait seule pendant toute la journée et ne rentrait de Semoic qu'à l'heure du dîner, titubant de fatigue et parfois un peu ivre. Le dîner se passait sans qu'il lui adressât la parole, indifférent à sa présence, la regardant à peine lorsqu'elle lui parlait.

Un soir, à son retour, Georges trouva Maud dans la salle du bas. Accroupie sur le divan, elle cherchait un livre sur le rayon. Lorsqu'elle aperçut Georges, elle fut un peu gênée qu'il l'eût surprise chez lui, car elle ne descendait jamais d'habitude avant qu'il l'eût appelée, c'est-à-dire à l'heure du repas.

Depuis son retour, ils avaient cessé d'être heureux et s'évitaient. Maud trouvait en Georges autant d'instabilité que dans sa propre vie; elle n'avait pas cherché, au début, à percer le secret de sa conduite vis-à-vis d'elle, et à vrai dire, elle n'aurait pu en envisager une autre : il n'aurait pas pu sans la perdre définitivement se réjouir de l'avoir à lui. Aussi avait-il observé une parfaite discrétion à son égard, et, s'il en avait souffert, cela prouvait que cette expérience n'était pas tout à fait vaine et qu'elle portait des fruits amers.

Mais, ce soir-là, Maud eût aimé parler librement à Georges, sans retenue. Elle croyait que le moment était venu pour eux, de parler, de mettre fin, d'une manière quelconque, à l'incertitude de leur vie. L'ennui et la solitude, bien qu'elle en souffrît, ne l'aveuglaient pas, et elle savait que le temps seul apporterait un dénouement à leur aventure.

Mais lui la déroutait parce qu'il semblait ne rien attendre des jours qui se succédaient. Il ne parlait ni de rester ni de partir et s'enfonçait de plus en plus dans le silence. Même durant la nuit, lorsqu'il venait la retrouver, il restait lui-même, brutal, incohérent; elle aussi ne pouvait, alors, que partager son extravagance, avec un plaisir qui chaque fois étonnait sa chair et dont le souvenir ténébreux lui paraissait à peine perceptible lorsque le jour revenait.

Lorsqu'il entra dans la salle du bas, ce soir-là, elle vit qu'il était las et peut-être heureux de la retrouver. Il passa la main sur son visage, d'un geste lent jeta son chapeau sur le divan, puis lui demanda :

– Quelle heure est-il? Le sais-tu, toi? Ces soirées n'en finissent pas...

Il s'affala sur une chaise près de la table, n'attendant manifestement aucune réponse à cette question.

– Tu es rentré plus tôt que d'habitude, reprit Maud. Tu vois : Amélie n'a pas encore mis la table. Je suis venue chercher un livre dans ta bibliothèque, parce que...

Elle se désespéra de nouveau de le voir aussi éloigné d'elle, aussi peu attentif à sa présence que s'il vivait dans un songe où elle ne pénétrait pas. Pourtant, il l'aimait. L'acharnement désespéré qu'il mettait à l'avoir chaque nuit sans prendre ce plaisir facile que les hommes s'accordent si volontiers le prouvait assez.

Mais elle avait beau faire, rien ne comptait à ses yeux que cette certitude qu'elle ne se sentait pas la force de lui donner.

Pourtant, elle sentait que c'était elle qui aurait dû aller à lui, puisqu'il ne ferait jamais aucun effort pour la comprendre. Les choses l'accablaient sans qu'il essayât de réagir contre elles; ainsi chez Barque, elle l'avait déjà remarqué, n'aurait-il pas dû la débarrasser de Jean Pecresse? De même pendant un long mois, il l'avait fuie parce que Jacques lui avait annoncé les fiançailles de sa sœur avec Jean. N'aurait-il pas dû passer outre et venir la retrouver? S'il ressssemblait à Jacques, il n'en avait pas l'entêtement et, devant lui, Maud ne savait trop que penser.

– Parce que? interrogea-t-il à demi dressé. Parce que tu veux lire? Pourquoi veux-tu que ce soit? Tu as bien raison.

– Parce que je m'ennuie. Ah! je m'ennuie terriblement tu sais. Tu me laisses seule...

Il réfléchit et, d'une voix douce :

– Si je ne te laissais pas, ce serait pire dans notre situation. Tout ce que tu peux faire, c'est de prendre patience.

Elle ne comprit pas pleinement le sens de ses paroles, mais crut deviner qu'elles essayaient d'être bienveillantes.

– Que lis-tu, voyons? Si tu veux, je te prendrai des livres à Semoic.

Elle arracha la couverture du vieux livre cartonné et lut :

— *Histoires de la vallée de la lune.* C'est de Jack London.

— Tu ne connaissais pas cela? Tu devrais lire, Maud, tu n'as rien d'autre à faire ici...

— Ça ne m'amuse guère de lire. Ou bien ça me prend par crises...

Georges secoua la tête de l'air de quelqu'un qui pense à quelque chose de navrant.

— J'ai rencontré ton frère Jacques à Semoic. Il s'ennuie effroyablement. C'est pourquoi il s'est décidé à m'aborder avec une amabilité si déconcertante. Il se fiche du scandale et n'a pas d'amour-propre. Ah! il n'est vraiment pas recommandable. Ça me dégoûte de te laisser repartir, tu ne peux pas t'imaginer ce que c'est... D'autant plus qu'il doit t'en vouloir. Vous auriez dû rentrer à Paris bien plus tôt; en somme, c'est toi qui les retardes...

Encore une fois, sans en avoir l'air, il lui posait la question de principe. Elle l'arrêta d'un petit geste théâtral.

— Je suis sûre que, s'ils ne partent pas, c'est pour vendre Uderan. Ils ne se gêneraient pas pour moi. Laisse-moi tranquille avec ça...

Il se leva. Elle n'avait pas répondu, pas encore. Il était vraisemblable qu'elle ne resterait pas. Il eut un mouvement de lassitude et ajouta d'un ton calme et résolu :

— En attendant le dîner, Maud, je vais jusqu'à la rivière.

Elle essaya de le retenir et courut derrière lui :

— Une minute, Georges, une petite minute.

Il la contempla un instant, dans la lumière mate et soufrée du soleil couchant : sa robe d'été, fanée et trop courte, laissait voir ses jambes lisses qui étaient nues dans des souliers de ville noirs; ses cheveux plats et longs pendaient en désordre. Elle avait vraiment des yeux d'un gris inexprimable qu'accusait au grand jour sa pâleur un peu mauve; cette peau précieuse, plus que vivante, délicatement active, qui ne laissait filtrer au dehors que les nuances les plus discrètes de son sang, les bleues, les mauves... Pour la première fois, il lui vit un regard faux qui suppliait dans un visage où grimaçait un sourire.

— Si tu voulais, Georges, j'irais avec toi. Il va faire nuit bientôt; personne ne vous verra...

Il revint à elle, lui caressa la main et l'embrassa.

— Je ne suis pas sortie depuis quinze jours, tu n'as pas l'air de le comprendre. On marcherait ensemble jusqu'au dîner, comme autrefois...

Il secoua la tête, inflexible, un peu surpris qu'elle insistât autant. Il la trouvait tout à coup d'une beauté qui, à elle seule, était une promesse suffisante. Cette beauté, elle l'ignorait encore d'ailleurs, et la plupart des gens qui la connaissaient aussi, mais la plus grande des beautés a besoin, pour s'affirmer, de se connaître.

Il refusa qu'elle l'accompagnât.

— D'ici peu de temps tu ne te souviendras plus de rien, tandis que moi... Tu t'en doutes bien, n'est-ce pas? Je te demande pardon pour le soir... Lorsque je rentre à Semoic, je l'avoue, il m'est impossible de ne pas venir te retrouver; tant que tu seras là, vivante, entre ces quatre murs...

Elle baissa les yeux et n'insista pas. S'éloignant, il pensa que si elle était encore à bien des points de vue parfaitement innocente, elle n'était ni mièvre, ni sentimentale comme la plupart des filles de son âge. Il s'émerveillait de sa franchise un peu dédaigneuse, de ce qu'elle ne consentait pas à lui mentir.

Lorsqu'il eut atteint la route, au bout de l'allée de cyprès, il se retourna. Elle était encore là. Il se rappela qu'il avait quelque chose de grave à lui annoncer. Il revint sur ses pas.

— Je ne sais pas pourquoi je te cacherais une vérité qui t'intéresse. Uderan a été acheté par les Pecresse..., acheté, c'est une façon de parler. Ils sont fous. Ils sont riches, c'est entendu, mais tout de même!... Ils ont dû y mettre là-dedans tout ce qu'ils avaient et aussi ce qu'ils n'avaient pas. Les conditions de vente sont insensées...

— Je m'attends à tout et je t'avoue que je m'en doutais.

— On dit que ta mère est très à court d'argent; elle garde toujours la maison à son nom ainsi que le restant des terres, sauf les vignes qu'elle a cédées en toute propriété. Les Pecresse s'engagent à tout prendre en charge et à lui verser une redevance que les Dedde, eux, n'ont jamais versée. A part ça, ils lui ont consenti une avance de près de cinquante mille francs sur l'achat des vignes.

Maud pensa aux Dedde. Que devenaient-ils?

— Les Dedde sont partis la semaine dernière. J'ai vu la fille, la veille, chez Barque; ta mère leur a donné quelque chose pour les indemniser.

Lorsqu'elle fut seule, de nouveau, Maud prit machinalement le livre qu'elle avait choisi. Comme elle remontait, la servante pénétrait déjà dans la salle à manger pour mettre la table.

Pourquoi Georges trouvait-il ses révélations insensées? Certes, l'opération semblait fructueuse pour eux. Mais sa mère n'était-elle pas habile en affaires? Cela ne l'étonnait pas, elle, Maud.

Les Dedde partis, la propriété morcelée, tout irait vite à vau-l'eau.

Elle pensa au radieux coucher de soleil, à sa promenade manquée le long de la rivière, si verte, le soir, et dans laquelle se reflétaient les vieux ormes du pré du Dior. Elle eût marché des heures dans la vallée, sur les berges humides, sans se lasser de respirer la forte odeur de la terre et de l'eau et celle du marécage où pourrissaient déjà les déchets de l'été...

Son visage dans l'oreiller, elle sanglota longuement, le regard tourné à demi vers la fenêtre ouverte sur un ciel d'ouest que le soleil désertait déjà.

Un jour elle s'en alla sur la route du Pardal, à l'aventure.

Juin touchait à sa fin. Les moissons attendaient les moissonneurs. Seules, les vignes, étalées sur les flancs des coteaux, verdissaient encore sous la blanche lumière, préférant pour mûrir celle plus tendre et plus rêveuse de l'automne.

Les hommes dans leurs fraîches maisons attendaient, pour surgir de nouveau au grand jour, que s'accomplît l'été.

Rien ne troublait la torpeur de l'espace et de la campagne, sinon, de temps en temps, l'ombre fluide d'un nuage qui passait bas et à une étrange vitesse, comme s'il eût fui le calme inquiétant du ciel.

De belles rangées de peupliers alternaient avec de petites haies sombres d'églantiers, divisant la région en damiers d'un vert gradué; variant selon l'orientation des coteaux. En bas, à l'ombre des ormes et des aulnes qui, sur la luxuriance anonyme des autres, tous pareillement sombres, jetaient la note noble de la pâleur de leur feuillage, le Dior coulait, rapide...

Une fois dehors, Maud ne sut que faire. Elle s'assit sur un talus et attendit. Peu à peu, elle fut ressaisie par le même désespoir que dans sa chambre; elle attendit vainement la fin de l'après-midi. Il ne passait personne sur la route. Et le soir vint.

Alors le ciel moutonna légèrement. Pas de vent. Parfois un meuglement de vache arrivait de loin et faisait tressaillir Maud; gorgée d'herbe, lassée de brouter, pleine de longs et sourds ruminements, la bête réclamait l'étable. Seuls dans le ciel, des corbeaux y traçaient les lignes incohérentes de leur vol. Assez haut, ils ravageaient le silence de leurs cris éraillés, annonçaient vaguement que des temps de colère étaient proches, on ne savait de qui, ni contre qui.

Décidément, il ne passait personne sur ce chemin-là.

La terre du chemin, argileuse, beige. Le ciel presque dans toute son étendue beige aussi, beige clair au-dessus de sa tête, épaissi aux horizons proches de la boue. Bientôt, les oiseaux eux aussi s'endormirent; parfois l'un d'eux ne se trouvant pas à son aise où il était, filait, inquiet, vers un buisson voisin.

Un chien penaud rentrait, lent, las, humain. En passant, il avait rencontré Maud, d'un œil sans lueur, comme une chose entre les choses inertes.

La jeune fille repartit. Maintenant, la lumière que versait le ciel sur la campagne ne la blessait plus. En chemin, elle se retournait de temps en temps afin de rassembler autour d'elle tout le paysage.

Alors elle se trouva tout à coup en face de George Durieux.

Elle étouffa un cri, parce qu'elle ne l'attendait pas, et ne l'avait pas entendu et lui la regarda, plein d'incertitude. Dans la lumière tamisée et douce, il prit aux yeux de Maud un relief qu'elle ne lui connaissait pas. Sa nature était celle d'un paysan et sa stature, celle d'une bête toujours prête à la lutte. Il ne faisait rien, comme toujours, et sa force si grande et si inutile embarrassait son souffle et ses gestes.

— Tu rentrais? Tu m'as fait peur, c'est idiot...

S'étant reprise, elle sourit et mit sa main à plat contre sa poitrine.

De ce geste léger elle se protégeait de la présence insolite qui rompait sa solitude. Lui s'empêtra dans son trouble, et brusquement, il parla :

— Tu fichais le camp encore une fois? Avoue...

Elle n'en revenait pas de l'avoir rencontré; elle le croyait à Semoic. Que faisait-il aux alentours de sa maison au lieu de rentrer? Et ces coups frappés à la porte? Elle avait rêvé?

— Non, j'étais sortie simplement.

Il avait l'air désemparé. Elle se retourna à demi pour ne pas le regarder.

— Viens donc un moment.

Il la suivit, se sachant joué pourtant et combien elle serait bientôt forte de son abandon.

Ils rentrèrent. Pendant qu'elle rabattait les volets contre le mur, elle l'entendit murmurer :

— Je t'aime, Maud, ça tombe si mal avec toi...

La servante était partie. Maud alla à la cuisine préparer des boissons. Que voulait-elle? Il pensa à la nuit où, sous le hangar, elle s'était mise à chercher la barre de fer avec cette même tension de la volonté qui durcissait son regard, lui creusait le front d'une ride profonde, insolite dans son visage. Jamais il ne serait venu si elle ne s'était trouvée sur son chemin pour l'y inviter. Cependant, maintenant, puisqu'il l'avait rencontrée... Peut-être resterait-elle au fond, elle ne parlait jamais de repartir; lui ne l'y engageait en aucune façon, bien au contraire. Peut-être, et bien qu'elle ne fût pas heureuse, s'était-elle décidée. C'était ce qu'il voulait. Que d'elle-même, elle choisît.

– Maud!

Il cria aussi fort que si elle eût été très loin de lui. Subtile, elle devina qu'il la voulait, qu'elle s'approchât tout de suite, parce qu'il sentait son audace revenue, et s'enivrait du vertige que lui donnait sa confiance retrouvée...

Elle reparut, portant un plateau chargé de verres. Il le lui enleva des mains, le posa au hasard, et, la prenant par les épaules, il la fit basculer sur une chaise devant lui. Elle ne disait rien. Une espèce de curiosité faisait pétiller le gris de ses prunelles, un gris lumineux, pas de métal inerte, mais de mercure prêt à fuir, un gris qui faisait du gris la couleur même de la passion. Elle se laissait faire avec une mollesse naturelle, animale, de femelle qui accepte de se prêter un moment au désir de jeu du mâle, désir qu'elle n'éprouve pas spontanément elle-même.

D'habitude, lorsqu'il rentrait, il se glissait près d'elle, dans la pénombre de la chambre, et c'était elle qui facilitait son plaisir. Lui gémissait d'une rage mauvaise, et, à ces moments-là, elle se sentait la plus forte...

Quand il la renversa sur sa chaise, elle crut qu'il allait lui parler, mais il ne savait que répéter son nom d'une voix haletante et qui exprimait par la variété des intonations l'alternance cruelle de son désespoir et de son amour.

Elle resta immobile, l'épaule un peu soulevée, les mains ouvertes sur ses genoux et entre ses lèvres qui se desserraient lentement, une fine et luisante lame blanche se dessinait.

Soudain il s'esclaffa; ce qu'il n'osait avouer, il le dissimula sous ce gros rire :

— Quand tu partiras, Maud, sais-tu ce que je ferai?

Elle ne broncha pas.

— Sais-tu ce que je ferai?

Pourquoi s'évadait-il ainsi de tous les instants de bonheur? Elle ne devait comprendre cela que bien plus tard. D'un bond, elle s'accrocha à son épaule, lui donna sa bouche. Mais il se dégagea et cria :

— Que veux-tu que je fasse? Il ne me reste rien à faire, de même que maintenant je serai incapable de te reprendre.

Il l'embrassa, mais presque sans désir. Maud s'interdisait de lui donner même pour un instant, le fol espoir qu'il désirait. Il arrive que le mensonge devienne un acte si usuel qu'il s'échappe des lèvres, sans que rien, de l'être tout entier, n'ait souffert de cette torsion de la vérité. Mais Maud était faible devant le mensonge, sa volonté l'eût voulu, que ses paroles l'eussent trahie.

Leurs lèvres jointes étaient froides, mais ils préféraient encore ce contact à celui de leurs yeux qui se fuyaient...

— D'ailleurs, je m'en fous, comme je me fous de

souffrir. Lorsqu'on se méprise autant que moi, c'est peut-être la seule chose qui vous rende un peu de dignité à vos propres yeux...

Elle se coula entre ses bras, entre ses jambes, glissa sa tête contre son cou. Ses artères battaient très fort contre son oreille. Elle était triste, plus triste que lui et ressentait pour elle-même du dégoût. Il la prit machinalement, une dernière fois.

Il ne parut plus même aux repas que l'on servit à Maud dans sa chambre et il lui infligea désormais le tourment d'une solitude absolue.

Elle se sentait mortellement lasse. Sa fatigue augmentait de jour en jour; bientôt elle ne put prendre les repas que la servante lui montait et dut s'allonger plusieurs heures par jour. Georges lui fit demander ce qu'elle désirait manger; il crut qu'elle s'ennuyait et manifestait ainsi son découragement.

La vieille servante la trouva allongée sur son lit et d'une pâleur affreuse.

— Si vous voulez, je le dirai à Monsieur que vous ne vous sentez pas bien...

Puis, se reprenant, elle eut peur, peur que Maud ne s'accrochât à ce maître qu'elle adorait. Elle mentit, d'une voix douce :

— Pour moi, ce sont ces chaleurs et puis ce n'est pas une vie de rester enfermée tout le jour...

Ce fut pourtant à son air fuyant et embarrassé que Maud comprit qu'elle était enceinte.

Georges couchait sur le divan de la salle à manger et partait dès le matin.

Maud hésitait. Lui dire?... Si elle ne l'aimait plus comme autrefois, elle lui gardait encore toute son estime. Il l'eût épousée si elle y avait consenti. Tout le mal était venu d'elle, de sa mauvaise volonté. N'était-il pas indigne de consentir maintenant à ce qu'elle avait refusé?

D'ailleurs, elle continuait à avoir l'intention de s'en aller. L'idée que sa famille était peut-être partie l'effrayait. Son enfant ne se détachait pas de sa propre vie avec assez d'évidence pour qu'il pût encore compter plus qu'elle-même.

On lui servait ses repas assez tôt, pour que Georges ne fût pas encore rentré. La servante cachait à son maître que les plats repartaient toujours presque intacts, et il ne s'inquiétait plus.

L'ennui de la jeune fille finit par atteindre une telle profondeur que la pensée de son enfant n'arriva même plus à occuper son esprit. A mesure que le doute disparaissait, elle y songea moins encore.

Elle cessa de lire. Les choses auxquelles elle

songeait n'avaient aucune relation avec son existence actuelle. Elle s'absorbait dans un souvenir qui soudain se distinguait de beaucoup d'autres, sans raison apparente, et prenait des proportions étranges de cauchemar.

Un matin, elle fut réveillée par des coups répétés à la porte. Georges ouvrit; il dit quelque chose qu'elle ne distingua pas.

Elle sauta du lit et s'habilla avec une hâte fébrile, ne pouvant cependant se dépêcher autant qu'elle l'eût voulu parce que ses mains étaient froides et qu'elle tremblait. Depuis trois semaines elle attendait, terrée dans cette chambre étroite. Et voici, brusquement, qu'on se souvenait d'elle.

Georges l'appela d'une voix étouffée et elle poussa bruyamment la targette, afin qu'on la sût éveillée. Lorsqu'elle fut habillée elle ouvrit les volets. Le petit matin pointait péniblement et verdissait l'horizon. Dès le début de son exil elle avait vécu de la vision de ce paysage, mais, comme elle ne l'avait jamais vu à l'aube, elle eut du mal à le reconnaître. Elle s'arrêta un instant à le regarder puis se résolut à descendre.

Dans la salle à manger, le jour naissant entrait par la porte ouverte, si indécis qu'on ne pouvait présager du temps qu'il ferait et que la pénombre régnait encore dans les recoins de la pièce. Georges s'était vêtu à la hâte d'un mauvais pantalon et d'une chemise frileusement ramenée sur sa poitrine. Ses cheveux bruns en désordre, lui donnaient un aspect désordonné. Debout près du divan, il se taisait.

Devant lui, Mme Taneran se tenait assise. Elle

portait comme d'habitude une longue robe noire. Un chapeau à bords trop larges lui dérobait le visage et écrasait un peu sa silhouette. A côté d'elle, par terre, un sac de voyage.

Sans lever la tête et d'un ton calme, elle dit :

— Alors, tu descends?

Au ton forcé de sa mère, Maud s'imagina que ses frères attendaient derrière la porte, épiaient son apparition.

Le craquement des marches sous ses pas l'exaspéra vite. Son cœur battait. Sa gorge était aussi sèche que si elle eût été en pierre.

Instinctivement, elle ramassa ses forces. Cet effort l'empêcha de voir Georges qui la regardait. De sorte qu'elle l'oublia.

A demi estompés par le large chapeau, les traits de Mme Taneran ne se dessinaient pas avec leur relief habituel. Ses paupières étaient gonflées par le sommeil, et, pour éviter de lever les yeux sur Maud et Georges, elle fixait obstinément le sol. Mais son émotion se devinait à la rougeur de sa gorge, au frisson qui faisait frémir ses lèvres serrées. Elle cherchait à se maîtriser, mais elle était trop âgée pour dissimuler une émotion qui se marquait d'elle-même sur sa chair meurtrie et la rendait encore plus pitoyable.

Maud considéra sa mère un moment, puis elle s'en approcha si près que Mme Taneran ne put retenir un geste d'inquiétude. Alors, se levant, elle déclama :

— Non, tu m'as fait trop de mal.

Puis, se tournant vers Georges, plus embarrassée qu'elle n'aurait voulu le montrer :

— Vous repartez bientôt pour Bordeaux? J'espérais que vous ne prolongeriez pas vos vacances plus longtemps...

Georges s'inclina :

— N'ayez crainte, je repars...

Il eût voulu peut-être dire quelque chose à Maud, mais il se sentait embarrassé par la présence de cette vieille femme.

Il les accompagna jusqu'au seuil, et à peine furent-elles dehors que la porte se referma sèchement. Maud perçut le bruit du loquet. Elle pensa qu'elle reviendrait un jour ou l'autre, dans un temps qui lui semblait n'avoir aucune commune mesure avec celui qui s'écoulait maintenant, un temps de paix et de tristesse.

La nuit n'était pas encore dissipée, la campagne sans ombre s'éclairait doucement d'une lumière qui jaillissait à l'est, d'une déchirure du ciel et des nuages.

Mme Taneran déclara :

— Il est quatre heures et demie. En marchant bien, nous serons à six heures pour le train de Bordeaux.

A la surprise de Maud, personne ne les attendait.

De chaque côté de l'allée blanche de sécheresse, les cimes des cyprès, d'un vert déteint, gémissaient doucement sous une brise qui les léchait à petites lampées.

Maud marchait derrière sa mère. Comme le jour de sa fugue, elle n'était vêtue que d'une robe d'été. Elle avait froid. Mme Taneran ne s'en apercevait pas, toute à ses pensées.

— Tes frères sont sur la route, à la hauteur des

Pecresse, dit-elle bientôt. Eux aussi viennent à Bordeaux. J'ai quelques courses à y faire...

Son ton était presque familier, quoiqu'elle affectât encore de ne pas regarder sa fille. Elle marchait vite et Maud dut hâter le pas. Puis, machinalement, elle s'empara de son sac de voyage. Elle sentit d'abord une résistance, mais les doigts de sa mère se desserrèrent d'un seul coup; leurs yeux se rencontrèrent une seconde; elles n'avaient encore rien à se dire; d'un commun accord elles pressèrent l'allure. Derrière elles, des touffes de poussière se levaient et tourbillonnaient un instant. Laissant le Pardal à droite, elles obliquèrent dans le chemin creux et longèrent bientôt le parc d'Uderan. Alors, Mme Taneran déclara :

— J'ai vendu aux Pecresse : c'est une très bonne affaire. Je garde la majeure partie de mes droits sur la propriété. Ça m'aurait été trop dur de me priver de ma chère maison à mon âge... Cinquante mille francs, ponctua-t-elle, ils m'ont donné cinquante mille francs comptant. C'est beau, tu sais...

Maud continua à marcher, tête basse, sans répondre. L'indulgence de sa mère l'étonnait; sans qu'elle évoquât directement leur querelle, ses paroles la liquidaient.

— Ça n'a pas l'air de t'étonner que je sois venue te chercher...

Maud murmura :

— Il était temps que tu viennes...

Mme Taneran retint à peine un geste de satisfaction :

— Ça tombe bien! Je m'en doutais, que tu en avais assez. Moi je le trouvais trop vieux pour toi. Je voulais te dire, ici on ignore que tu es demeurée chez Durieux... Tu n'es pas sortie, tu as été prudente, c'est très bien... Les Pecresse qui savaient la chose se sont tus. Tu apprendras à les connaître, ce sont de braves gens... Alors, je te disais que... Nous partons te chercher, tu viens d'Auch, de chez ta tante, la sœur de Taneran, tu entends? chez laquelle tu auras passé quinze jours... Après, et bien après, il te faudra accepter ce qu'on te proposera, car tu es bien compromise...

Mme Taneran était devenue très rouge.

— Jean Pecresse a une adoration pour toi, il passera sur tout...

C'était extraordinaire : Maud n'y avait pas encore pensé. Sans plus attendre, elle avoua ce qui la tourmentait :

— C'est impossible, ce n'est pas la peine d'y penser, j'attends un enfant.

Mme Taneran s'arrêta, les yeux injectés, et regarda sa fille sans la voir; elle arracha son chapeau de sa tête et le jeta, puis, mettant ses mains devant ses yeux comme quelqu'un qui est saisi de vertige, elle chercha le talus à l'aveuglette et s'y affala. Il se passa une minute, puis deux minutes, Maud eut peur. L'anéantissement dans lequel elle vivait depuis quinze jours, cessa brusquement. Elle crut voir des stigmates effrayants sur le visage de sa mère. Elle la prit à bras le corps et se mit à embrasser sa robe et ses mains, comme si cet éclatement d'amour devait l'arracher à une fin qu'elle trouvait si attrayante, tout à coup. Mais c'était pure imagination, Mme Taneran se remit vite, après être passée en quelques secondes par une série de sentiments successifs, l'effroi, le désespoir, le renoncement intime à la vie. Elle revint à la réalité, douce, étrange, à la façon des malades qui recouvrent la santé. Elle prit Maud dans ses bras, puis l'éloigna de son visage et la considéra avec une tendresse muette. Et elle oublia le rôle qu'on l'avait chargée de jouer.

— Ne pleure pas, j'ai des vertiges en ce moment. Le sang m'étouffe... Alors, tu attends un enfant? Ce mariage avec Jean Pecresse, tu penses bien que ce n'est pas moi... C'est Jacques. Je sais bien qu'il l'a fait pour notre bien à tous, remarque, mais tout de même ça m'a été dur d'accepter... Que veux-tu! Je te savais chez Durieux, mais il n'a jamais voulu que j'y aille de crainte d'éveiller des soupçons...

Elle souffla un instant avant d'ajouter :

— Il est plus prudent que moi, c'est entendu. Maintenant qu'allons-nous devenir? J'ai touché et même entamé largement les cinquante mille francs. Oui, il a fallu rembourser les meubles! Et puis Jacques avait des dettes...

Elle ne cessait de caresser Maud qui pleurait bêtement, elle lui caressait les épaules, les bras, les cheveux...

— Nous rentrons à Paris, ne t'en fais donc pas! Durieux viendra t'y retrouver. Moi, je reviendrai ici, seule. Pour le moment, il n'y a que ça à faire.

Elles repartirent.

Au tournant de la route nationale, surgirent deux silhouettes de même taille. Maud les reconnut : ses frères. Ils s'impatientaient.

— Si tu trouves spirituel de nous faire attendre dans de telles conditions, dit Jacques...

Sa mère lui coupa la parole. Elle expliqua à ses

fils qu'ils rentraient à Paris. Ils acceptèrent sans chercher à comprendre, ravis de repartir, abrutis d'avoir été réveillés de si bonne heure.

— Nous avons juste le temps, dit Mme Taneran.

Maud se mit à marcher sur le talus de gauche, un peu à l'écart. Sur la route, leurs pas retentissaient avec une sonorité étrange dans le silence environnant.

Bientôt un carrefour se dessina. Une croix blanche, un écriteau : La Rayve. Au-delà, d'une pente rapide, la route dévalait.

III

On eût pu les prendre à première vue pour des voyageurs ordinaires, revenant de vacances. Ils endurèrent en silence leur tête-à-tête. Le ballottement du train les endormit bientôt dans le laisser-aller confiant des gens gavés pour l'année de paysages, et qui n'ont d'yeux que pour leurs voisins. Lorsque le train de Bordeaux passa en contrebas d'Uderan, ce fut à peine si Maud et sa mère jetèrent un dernier regard à la maison.

Ils n'arrivèrent qu'à onze heures du soir à la gare d'Austerlitz. La soirée était belle. Le taxi qui les ramenait remonta la rue des Ecoles et le boulevard Saint-Michel qui flambait de toutes ses façades allumées. Maud, qui était assise sur le strapontin, remarqua l'air faussement ennuyé de son frère aîné. A la hauteur d'un grand café, il frappa à la vitre et arrêta la voiture. Ce fut alors qu'éclata la première scène, à demi couverte par la rumeur des autos, abrégée par l'implacable petit battement du compteur.

— Arrêtez, taxi.

Le choc est tellement inattendu que Mme Taneran est déportée en avant par le coup de frein; sa bouche se gonfle comme pour dire quelque chose, mais aucun son, aucune parole ne peut en sortir.

Jacques a déjà un pied sur le marche-pied. Il feint de descendre, puis se retourne vers sa mère; d'une voix brève, conduite avec un art consommé, il demande :

— Tu as mille francs? Je ne rentrerai pas tard...

Maud préfère regarder ailleurs, par exemple ce café dont l'éclairage pénètre jusqu'à l'intérieur du taxi. Comme toujours, dans ce cas-là, ses nerfs se tendent et elle respire de plus en plus difficilement, à mesure que l'oppression grandit. Le temps s'immobilise pour un instant qui va s'écouler avec une lenteur de cauchemar. Mme Taneran se débat. Dans la lumière cramoisie, elle a l'air de larmoyer.

— Tu n'y penses pas, des fois! Le soir même de notre arrivée!...

Elle répète : « Non, non », se soulève à demi de son siège, puis retombe. Son grand chapeau noir cogne le plafond de la voiture; elle le tient d'une main et le redresse de l'autre. Ce chapeau ridicule lui donne, ce soir, un air de solennité ridicule.

La voix de Jacques se fait à peine perceptible, mais cinglante. Il souffle de nouveau :

— Je te dis de me donner mille francs..., au moins mille francs.

Sa main se tend dans l'ombre, comme celle d'un mendiant. Mme Taneran articule des « non », des « il n'y a rien à faire », « pas la peine d'insister » qui, peu à peu, sentent la panique et deviennent de plus en plus mous. Les phrases courtes, tombent à plat.

— Tu viens de palper cinquante mille francs, et tu me refuses un billet? Hein?...

Il a presque crié cela, mais sans se compromettre, sans attirer l'attention du chauffeur de taxi qui ne s'est même pas retourné. Ce cri silencieux où l'on perçoit une sourde menace, a un retentissement formidable dans le cercle de la famille Grant-Taneran. Mme Taneran cesse d'ergoter et rappelle aussitôt, d'une voix blanche :

— Tu n'es pas seul dans la famille...

Henri Taneran se met de la partie, c'est-à-dire qu'il ose remuer un peu dans le fond de la voiture en roulant des yeux hagards comme s'il réclamait du secours. Jacques continue méthodiquement.

— Et tu crois que ça va se passer comme ça? insiste-t-il. J'ai accepté ou plutôt nous avons accepté, Henri et moi, que tu ramènes celle-là (il la désigne du doigt) et maintenant tu nous traiterais sur le même pied qu'elle?... Qu'est-ce que ça veut dire?

Henri hésite à se joindre à son frère qui répète comme un refrain :

— Et tu crois que ça va se passer comme ça?

La scène n'a pas duré deux minutes. Le vieux sac de Mme Taneran fait entendre son déclic. Une main se tend, froisse les billets avec répugnance et les empoche. Bientôt Jacques n'est plus que cette silhouette élégante qui, le poing droit enfoncé dans la poche de son veston, se perd dans la lumière...

Le chauffeur se retourna enfin, et ce fut Maud qui lui rappela l'adresse. Devant elle sa mère s'agitait comme une démente, parlait toute seule et se débattait contre un danger qu'elle semblait être seule à percevoir. Sa voix raffermie se brisait de temps en temps sur un sanglot d'impuissance qui lui laissait les yeux secs.

— Vous n'aurez rien, tu m'entends, rien. Et je m'en irai ailleurs... Ah!... Je suis une pauvre mère...

Maud, penchée en avant, contemplait le petit halo de clarté qui précédait la voiture. Henri, assis près de Mme Taneran, prenait son attitude habituelle dans ces cas-là : un air excédé. L'arrivée chez eux fut plus calme. Mme Taneran redevint attentive à la marche du taxi. Elle se remettait peu à peu de ses émotions au fur et à mesure qu'elle s'approchait de chez elle. Du reste, dans de pareils moments, ses enfants se gardaient bien de relever aucune de ses paroles. Ils ressentaient une certaine méfiance pour ses colères qu'ils jugeaient lâches, parce qu'elles n'éclataient qu'une fois que le danger était écarté.

Maud remarqua qu'elle n'était pas visée par ce flot de reproches. Sa mère évitait toujours de parler d'aucun de ses enfants en particulier.

En bloquant ses freins, le taxi dérapa sur la pente de l'avenue. Le bruit du dérapage réveilla la concierge. Lorsque Mme Taneran passa devant la loge, cette femme montra une tête mal réveillée.

— Ah! c'est vous? On est venu plusieurs fois pour monsieur Jacques.

Mme Taneran s'approcha. Elle avait retrouvé son air affable. L'autre hésita, puis :

– Oui, la police... Oh! il paraît que c'est pas grand'chose...

Mme Taneran s'arrêta, saisie.

– Ah! mon Dieu, fit-elle.

Puis aussitôt elle se reprit et essaya d'expliquer :

– Oui, en effet, que voulez-vous que ce soit?

Et elle eut la force de ne pas quitter trop précipitamment la concierge qui tendait le cou désespérément pour en savoir davantage.

Les cinq étages furent durs à gravir. Henri et Maud suivaient leur mère dont le souffle court révélait l'épuisement. De temps en temps elle s'arrêtait, et se tournait vers Henri :

– Tu sais ce que ça veut dire, toi? C'est sûrement l'histoire Tavarès...

Mais Henri se refusait à répondre quoi que ce soit; il baissait la tête, crispait sa bouche et ses yeux fuyaient le regard des siens; il avait ce visage fermé dont on dit « qu'il n'y a rien à en tirer ». Et en effet, quoiqu'il arrivât dans sa famille, Henri Taneran feignait orgueilleusement de s'en désintéresser. Lorsqu'on sollicitait son avis, le plaisir qu'il prenait à ces consultations était tel, qu'il le faisait durer jusqu'à la limite de son impatience.

Le vieux Taneran apparut dans l'entrebâillement de la porte, emmitouflé dans une robe de chambre d'hiver. Personne ne l'avait prévenu de l'arrivée et il semblait quelque peu surpris. Mme Taneran ne lui donna même pas le temps d'ouvrir la bouche :

– Qu'est-ce que cette histoire de police? La concierge n'a pas l'air de savoir...

– Malheureusement je n'ai pas cherché à savoir non plus. Les affaires de votre fils ne me regardent pas... Comment allez-vous?

Sa phrase tombait si naturellement qu'il avait dû la préparer d'avance. Sa femme tendit vers lui un visage défait : il frotta ses joues contre les siennes qui étaient mal rasées, et en fit de même pour Maud et pour Henri. Puis, il empoigna les valises que tenait sa femme et les posa par terre.

– Je vous remercie, dit-elle. J'ai bien pensé à vous écrire, mon cher Taneran, mais j'ai dû vendre la propriété. J'avais en poche votre autorisation, vous savez bien? Bien vendue? Oui. Mais ne pourrais-je pas attendre à demain pour vous en parler?

Elle s'affala sur une chaise et enleva son chapeau :

– Vous ne savez rien vraiment?

Il leva ses mains maigres, dans un geste solennel.

– Ma chère amie...

Elle l'arrêta d'un signe et ajouta, doucement, l'esprit ailleurs :

– Ça va?

– Oui, je vous remercie. J'ai passé tout mon temps à travailler, mais vous n'ignorez pas que j'aime le travail. Cependant, j'ai décidé de partir pour Auch, dès juillet, cette année. Ma chère, nous ne prendrons décidément jamais nos vacances au même moment. J'en exprime le regret...

Ils dirent presque ensemble : « A demain! » Puis il se retira.

Aux regards qu'elle leur lançait, ses enfants comprirent qu'elle coulait peu à peu dans un abîme d'inquiétude. Henri, tout en la fuyant, dit le premier d'une voix mal assurée :

— Ça ne peut pas être grand'chose. T'en fais pas comme ça...

Maud s'assit le long du mur de la salle à manger, face à sa mère. Les bagages jonchaient le milieu de la pièce. Henri allait et venait, d'une chambre à l'autre...

Mme Taneran regardait sa fille avec des yeux vides. Elle ne disait rien, sachant que ses enfants ne la tranquilliseraient pas. A un certain moment pourtant, elle crut deviner et elle cria :

— Henri, c'est cette femme, sûrement, si ce n'est pas l'histoire Tavarès...

— Penses-tu ! c'est une histoire liquidée, celle-là, répondit Henri de sa chambre.

Elle hocha la tête et sombra de nouveau dans ses recherches : elle s'enfonçait silencieusement dans des hypothèses terrifiantes, en remontait péniblement, et alors tout lui semblait plus rassurant.

Maud, songeait : « La police? » Par un effort d'imagination, oh! combien facile! elle voyait Jacques entre deux agents, avec un visage qui rappelait celui qu'il avait montré un certain soir à l'auberge.

Un visage défiguré par la peur et sur lequel s'inscrirait peut-être encore la honte en petites tâches blêmes, autour des lèvres et des yeux. Celui dont on pouvait penser qu'il serait celui de Jacques au moment de sa mort. Un visage faiblement balancé au-dessus de la vraie tristesse et qui pour la première fois rappellerait celui de son enfance, son enfance enfin surgie et éblouie par la mort toute proche. De ce visage volerait en éclats toute la vanité si vivante, la sempiternelle complainte du plaisir, la très belle laideur.

— Maud, va te coucher.

Mme Taneran désirait attendre seule le retour de son fils. Le regard de sa fille ne lui disait rien de fameux.

— Je sais que vous vous détestez tous. Vous n'êtes jamais aussi contents que lorsqu'il arrive malheur à l'un de vous. Maintenant qu'il s'agit de le sauver... Si je n'étais pas là, le pauvre petit!...

Elle allait, de sa colère à son inquiétude, comme quelqu'un qui souffre et qui cherche la position dans laquelle il souffrira le moins.

— Ils vont nous l'enlever. Tu vas voir qu'ils sont venus pour nous l'enlever.

Elle gémissait, tantôt à la manière d'une petite fille, tantôt à la façon tragique d'une mère qui tremble pour un des siens...

— Rien ne me sera épargné dans cette vie, rien. Que va-t-il arriver, Maud?

— Maman, cela m'est parfaitement égal.

— Je le sais, mon petit. Tu as malheureusement autre chose à penser...

Sa mère avait tellement l'habitude des soucis que, seuls comptaient pour elle les plus pressants.

Les autres, à plus longue échéance, on pouvait se permettre de souffler avant de les envisager.

Maud s'approcha de sa mère. Elle ne l'avait toujours pas embrassée depuis le matin. Dans le train elles s'étaient évitées à cause de Jacques et d'Henri.

Mme Taneran se mit à caresser la tête de sa fille. Ses doigts, un peu gourds, s'enfonçaient dans la chevelure, en soulevaient la masse lisse et tiède. Sa main jouait avec le front rond, le menton un peu fuyant et les pommettes larges de son enfant, tandis que son esprit inquiet ne s'apaisait pas.

— Tu ne le connais pas, Maud, mais au fond c'est un bon petit. Avec moi je dirai même que c'est le plus gentil de vous trois, le plus prévenant...

L'innocence de leur mère l'étonnait toujours. Mais sa caresse était bonne au visage. Maud, après la grande privation de sa mère qu'elle avait subie, l'accueillait comme un vent de printemps.

— Il est peut-être très aimable, maman. Cette amabilité te le cache. Il est si pourri qu'il en est aussi léger qu'une branche de bois mort...

La main de Mme Taneran s'arrêta net. Elles se séparèrent en demeurant chacune sur leur position. Et Maud, brutalement, sentit qu'elle devenait la proie d'un désespoir sans nom, dans lequel cette femme venait à jamais de la rejeter.

Mme Taneran tremblait. Etait-ce possible de proférer froidement une pareille condamnation? Elle, la mère, elle pouvait souffrir. Ses illusions lui restaient, malgré ses chagrins, indéfiniment. C'est parce qu'elle croyait en son fils qu'elle vivait dans un songe inaccessible à aucun démenti de la réalité.

A certains moments elle haïssait Maud. Avec brutalité, cette enfant défigurait l'objet de son amour. Et que lui resterait-il en face de cette seule souffrance sans la fraîcheur de sa foi?

— Tais-toi, tu n'as pas honte? Pense que demain on peut venir nous le prendre. Ce sale Tavarès, cette immonde crapule...

— S'il est parti, s'écria Maud, c'est sans aucun doute à cause de cette affaire. Tu as cru à autre chose, comme nous, hein? Qu'il pleurait sa femme, qu'il allait la pleurer à la campagne?

Toute perspicacité, quant à son fils, la gênait. Elle, la mère, était dans le vrai, qui le voyait dans la grâce adorable de ses abandons, fût-ce même à la plus évidente des lâchetés.

— Que veux-tu que je te dise! Je n'en sais rien, moi. C'est peut-être un peu pour l'affaire Tavarès, un peu pour tout...

Elle seule trouvait des raisons de l'aimer toujours, de le préférer aux autres.

— Au fait, maman, s'il a voulu me marier à Pecresse, il le voudra toujours; tu penses qu'il s'arrangera lorsqu'il le saura, pour ne pas perdre le bénéfice de cette belle affaire.

— Tu ferais mieux de te taire, Maud. Tu en arrives à dire des choses si dures que parfois je doute que tu sois bonne. Lorsque ton frère apprendra que tu attends un enfant de Durieux, il sera le premier, tu entends, à te donner de bons conseils...

Maud se tut. La maison de Georges lui passa devant les yeux, triste et tranquille, ouverte sur la campagne. Les ifs se balançaient devant les fenêtres et on voyait au loin la sapinière d'Uderan. Peu à peu le jour s'effaçait. Un à un, les grillons chantaient leur ivresse bleue. En haut, à l'Oustaou, les petites taupes veloutées s'aventuraient vers la pinède, pleines de crainte. Georges ne rentrait pas. On le sentait rôder autour de la maison. Ils s'étaient quittés pour des raisons qu'il lui était malaisé d'éclaircir. Mais Maud crut tout à coup qu'il lui serait plus facile maintenant de vivre avec Georges.

La suspension éclairait violemment la pièce dans laquelle les bagages traînaient encore sur les meubles ou par terre. Aucun bruit ne parvenait des pièces du fond, dans une desquelles Henri dormait. A côté, le vieux Taneran ronflait. Et tout était apparemment calme et habituel.

Pourquoi donc Maud pleura-t-elle une bonne fois? Les larmes de son enfant rassurèrent à tort Mme Taneran. N'était-ce pas le remords qui la faisait pleurer? La secousse avait été forte. Les paroles de sa fille rappelèrent à la mère la misère de sa vie. Si elle en parlait sans cesse, elle en sentait rarement la profondeur. Elle aussi pleura, mais doucement, déjà comme une vieille femme.

Enfin, elle parla à Maud :

— Tu seras heureuse avec Durieux. Pourquoi me dire des insanités? Tu vois bien que tu les regrettes après. Tu sais que tu me manqueras... Evidemment, mon existence n'est pas gaie. Une mère se doit toujours davantage au plus malheureux de ses enfants, celui que tout le monde abandonne...

Maud alla se coucher. Mais elle ne put dormir ce soir-là.

Sa mère s'était un peu calmée. Elle allait et venait, défaisait les bagages, fouillait dans les valises. De temps à autre, elle entrait dans la chambre sur la pointe des pieds; elle ouvrait l'armoire, furetait, rangeait. Infatigable, elle reprenait sa course mystérieuse dans la maison et revenait encore une fois. On avait tellement l'habitude de ses manèges nocturnes qu'elle ne dérangeait personne. Maud l'écoutait : chacun de ses gestes, dans le silence, prenait une valeur particulière de patience et d'inlassable ferveur.

Maud se sentait seule et n'espérait plus rien qu'elle ne connût déjà.

Bientôt elle reviendrait à Uderan et se marierait. Puis elle partirait pour Bordeaux, chez Georges. Elle ne reviendrait à Uderan qu'aux vacances et c'était bien assez, étant donné que la haine des Pecresse et le mépris des paysans à leur égard couveraient toujours sous la cendre. Georges travaillait avec son père et menait une vie incohérente, tantôt réglée, tantôt débauchée. Elle voyait mal la place qu'elle tiendrait dans son existence. Sa vie avait commencé exactement au moment où elle avait parlé à sa mère et avait acquis la certitude qu'aucune autre solution ne se présenterait à une situation si nettement définie.

Peut-être Georges l'attendait-il déjà? Lorsqu'ils s'étaient quittés, le matin, il avait l'air calme et presque satisfait. Ils ne s'aimaient plus, probablement. Le rouge lui montait aux joues à l'idée de revenir, de le forcer à la reprendre. Comment oserait-elle paraître à ses yeux? Mais elle ne pouvait rester. Sa mère avait déjà choisi de la quitter, et la séparation était accomplie dans son cœur. Elle l'avait compris à la douceur compatissante avec laquelle elle lui avait parlé, ce soir.

Sans doute partirait-elle dès cette semaine. Le plus tôt serait le mieux. De toute façon le temps qu'elle passerait ici serait vain.

Si Jacques n'avait pas existé, peut-être sa mère l'eût-elle gardée. De toute façon elle ne l'aurait pas abandonnée si vite avec cette espèce de soulagement inconscient. Elle continuait sans le savoir à faire le vide autour de son fils aîné, jusqu'au moment où il ne lui resterait plus que celui-là à combler de son amour, une fois son devoir accompli envers les autres.

Maud n'en voulait pas à sa mère; c'était vers son frère aîné que sa pensée revenait sans cesse, lui qu'entourait, qu'aurait voulu pouvoir étouffer de loin, sa haine. Elle le sentait serré contre elle, destinée contre destinée. Ils étaient aussi étroitement unis que deux victimes, enchevêtrés l'un dans l'autre. Elle n'y pouvait rien. Tout ce qu'il avait

224

fait de mal, elle l'avait ressenti autant que si elle l'eût fait elle-même.

Il l'avait chassée et il lui était arrivé malheur. Peut-être l'avait-il souhaité à son tour comme sa mère qui, pendant quinze jours, n'avait pas donné signe de vie et s'était ingéniée avec lui, à la laisser seule.

L'idée de son frère provoquait en elle une douleur étrange, à peine pénible, mais intolérable, qu'elle sentait battre au-dedans d'elle-même comme un abcès.

— ... Alors il se serait assuré une rente viagère sur Uderan? Que Pecresse lui aurait servie? Maman, cette folle, l'aurait laissé faire... Possible...

Sa mère, quelle faiblesse! Voilà, elle voyait nettement ce qu'était devenue sa mère, une créature sans force, douée d'une illusoire volonté et que l'on brisait comme une coque de noix. Rien. Et c'était Jacques qui, jour après jour, l'avait réduite à rien.

Depuis qu'elle était toute petite, elle l'imaginait mauvais, mais d'une façon instinctive et enfantine, sans plus. Maintenant, elle comprenait qu'il ne s'agissait pas d'une disposition aussi naturelle que le courage, le dévouement. Jacques était méchant par une sorte de retournement sur lui-même. Le bien le décourageait à l'avance et il l'évitait soigneusement; il n'osait être meilleur, parce que tout commencement, fût-ce même celui d'une attitude, est aride et désolé comme la pointe du jour.

Il trouvait donc préférable de s'enfoncer dans la méchanceté, petit à petit, et de frapper chaque jour d'un coup plus décisif Taneran, Maud, sa mère, qu'il tenait bien en main. Sa vie en prenait une unité et une force. Il gagnait des victoires; il s'affermissait. C'est pourquoi tout spectacle heureux l'attristait. A la réflexion, cela vous glaçait de peur...

Un coup de sonnette tira Maud de son engourdissement. Le pas de sa mère se dirigea vers la porte. Elle tendit l'oreille. Une espèce de curiosité la dressait sur son lit et aussi une espérance... Sa mère allait lui parler. Peut-être était-ce le début d'une catastrophe si grave, si effroyable qu'elle éclipserait tout le reste pendant un certain temps... Folle, elle était folle d'y croire, d'entrevoir même une telle aubaine.

La voix sonore de son frère retentit dans le vestibule. Il réveillait toujours tout le monde lorsqu'il rentrait et ne s'embarrassait pas de scrupules. Mais par contre, quand il dormait, lui, quel calme autour de ce sommeil!

C'était vrai; cette voix la reportait dans le passé. Elle annonçait les mêmes heures glacées, proches de l'aube, chaque nuit.

Jacques tonitruait contre sa mère.

— Tu n'es pas couchée, qu'est-ce qui te prend?

— Tais-toi, tais-toi je t'en supplie. La police est venue pour toi durant notre absence...

Un silence, puis :

— Qu'est-ce que tu racontes là?

Mme Taneran répéta ce qu'elle venait de dire. Jacques devait avoir bu, sa voix était gluante et il articulait lentement, comme quelqu'un qui se réveille. Bientôt Maud ne les entendit plus. Peut-

226

être parlaient-ils si bas, si bas... Puis, Jacques reprit, tout à coup brutal :

— Ah! Ils sont venus? Quand? Combien de fois? Allons, parle, nom de Dieu!

— C'est à toi de me renseigner, mon petit...

— C'est Tavarès. Il suffit de faire le mort.

— Tu as signé?... Combien?...

— Cinquante mille, mais je te dis qu'il suffit de faire le mort. Ils ne m'auront pas pour quelques traites... D'ailleurs, c'est une vieille affaire, si tu te souviens...

Maud retomba sur son lit. Au ton de son frère, elle comprenait qu'il n'y avait pas de danger véritable. Rien d'insolite, rien. Tavarès, simplement, et avec lui, elle le savait, toujours moyen de s'arranger.

La vie reprendrait son cours infernal.

Ils étaient entrés dans la salle à manger. De temps en temps des bouts de phrase arrivaient jusqu'à elle :

— Tu as fini de pleurer comme ça?

— Oh! J'ai eu si peur, mon petit. Pourquoi as-tu fait ça?

— C'était pour Muriel. Je voulais m'adresser à toi, mais tu ne me connais donc pas encore? Je préférerais crever que de demander de l'argent. Que veux-tu, je suis comme ça, moi!...

Peu à peu, il reprenait du poil de la bête, se redressait.

Maud ressentait profondément la souillure de chacun de ses mots. Sous le seul effet de sa voix, elle se sentait transformée. Il y avait longtemps qu'elle ne l'avait plus entendu : il en était toujours

227

au même point, il reprenait ses vieux mensonges, ses lamentables exagérations.

Il jouait un nouveau rôle aux yeux de sa mère et elle trouvait qu'il avait encore gagné en hardiesse, en force. Ah! il était crâne comme pas un, vraiment!

— Je suis un garçon que l'on comprend mal. Remarque, je ne parle pas pour toi! je te l'ai toujours dit : tu es une sainte. Mais eux...

— Que comptes-tu faire?

— Evidemment, il vaudrait mieux payer... je ne suis pas une crapule. Les faux papiers, c'est pas mon fort, au fond. Je m'étais recommandé du mari de Muriel...

Il sentait les cinquante mille francs touchés de la veille des Pecresse et que sa mère détenait. « Elle se taira, pensa Maud, elle ne lui apprendra pas qu'ils n'ont plus rien par ma faute... » Et effectivement, Mme Taneran lui laissait faire tous ses inutiles travaux d'approche. Peut-être oubliait-elle, elle-même, qu'elle devait cet argent.

— Evidemment, je te dis, il vaudrait mieux payer... Je vais me remettre à travailler et je paierai. J'y mettrai dix ans, mais j'y arriverai...

Cependant sa mère persistait à ne rien offrir. Il fallait ne pas la connaître (et il le savait bien, lui) pour penser qu'elle allait tout de go décider qu'elle ne rendrait pas la somme aux Pecresse. Mais elle laisserait les choses se faire d'elles-mêmes jusqu'au moment où elle ne pourrait plus reculer.

— C'est pas la première histoire qui m'arrive... Si tu savais combien je t'en ai évité, tu serais épatée, ma petite maman, épatée...

Et certes, jamais elle n'aurait la naïveté de lui

offrir aujourd'hui ce qu'il voulait. Mais un soir, entre eux, bien entre eux, elle prendrait vivement l'argent dans son armoire, entre deux piles de draps et le lui remettrait sans rien dire. Les jours auraient passé sur les Pecresse dont l'image se voilait déjà. Les Grant, eux, vivaient dans la réalité.

Jusqu'à l'aube, ils parlèrent ainsi, doucement. Elle se laissait berner, heureuse, au fond, de ces confidences qui la rapprochaient de son fils.

Maud ne dormit pas. Elle n'écouta pas non plus. Elle attendait le jour pour partir. Lorsque les premières lueurs flétrirent la nuit, elle se leva. Puis, bêtement, elle resta plantée au milieu de la chambre. Elle comprit qu'avant son départ pour Uderan il allait se passer quelque chose.

Déjà cette chose était en elle, dans son esprit qui peu à peu s'y habituait, la nourrissait, la laissait se préciser. Puis elle la sentit extérieure à elle, toute petite, mais vivante et centrée et qui la regardait comme un œil d'oiseau immobile.

La porte de la salle à manger s'ouvrit. Jacques dit en bâillant la phrase suivante :

– Ils dorment. Au fait, il vaut mieux ne rien leur apprendre, ni au vieux non plus. Et surtout pas à la petite. Celle-là, tu peux me raconter ce que tu voudras, j'ai mon idée sur elle maintenant. Les femmes, je les connais. Heureusement qu'elle va filer...

Ils allèrent vers la cuisine.

– Viens, dit la mère, je ne me coucherai pas maintenant. Il est trop tard ; je vais faire un peu de café.

Maud se faufila dans la cuisine avant eux et attendit.

Lorsqu'ils la virent, ils s'arrêtèrent, saisis, sur le pas de la porte. Ils n'osaient pas rentrer, retenus par une crainte vague. Mme Taneran essaya de sourire.

— Tu es folle, ma pauvre fille. Que fais-tu là?

Jacques avança d'un air décidé, pâle et saisi brusquement par la colère qui déformait son visage.

— Que fais-tu là? Laisse-moi faire, maman...

A vrai dire, Maud ne savait pas ce qu'elle faisait là. Elle devinait seulement qu'elle irritait Jacques, de toute sa faiblesese, de toute sa détresse simplement présentées, jusqu'au désir de meurtre : comme on désire tuer une bête inoffensive après l'avoir blessée sans y penser, sans haine. Elle regardait son frère, si pâle dans le petit jour, gonflé de colère. Il cherchait autour de lui ce qu'il pouvait bien trouver pour écraser la figure de cette petite.

— Tu nous espionnais, hein? Ah! si je ne me retenais pas! Tu as de la chance...

Il abaissa le bras lentement, péniblement, d'un geste qui disait bien la souffrance de ne pas avoir frappé.

Mme Taneran balbutia des paroles incohérentes. Elle rougit, manifestement honteuse d'avoir été surprise avec son fils dans une intimité complice. Ah! cette Maud, n'était-il pas suffisant qu'elle fût grosse, oui, grosse comme une fille!... Quelle injustice, pour une fois qu'elle avait eu un peu de bonheur!... Elle cria :

— Va te coucher, tu entends? Tu es une saleté, une saleté! Donne cette chaise à ton frère...

Dans la chambre voisine, on entendit Henri s'étirer et bâiller. Maud se leva et donna la chaise à son frère. Ensuite, elle se retourna, légère...

Et c'est à peine s'ils perçurent le bruit de la porte d'entrée qu'elle referma sur elle avec précaution.

Les passants commençaient de sillonner les rues;
ils avaient la mine reposée, le pas rapide.

Dans ce quartier populeux de Clamart qui
s'éveille tôt, les cafés ouvraient déjà. Les gens,
presque tous des hommes, des ouvriers d'usine, se
bousculaient au comptoir devant des cafés chauds.
Ils sortaient, une cigarette aux lèvres, s'égaillaient
sur les chemins presque déserts, et ils avaient l'air
heureux de savourer l'air frais du matin que
n'empuantissait pas encore la fatigue de la journée.

Au bas de la ville, qui donnait une impression
d'insomnie douloureuse, la Seine coulait. De place
en place, la lumière du matin filtrait à travers la
brume et moirait ses eaux vertes.

Quoiqu'elle n'eût pas dormi, Maud se sentait
presque bien. Elle s'enveloppa dans son manteau,
pris à la hâte, et se mit à marcher très vite. Le vent
un peu âcre claquait de temps en temps comme un
vent de mer et lui coupait la respiration. Elle
marchait de plus en plus vite, comme quelqu'un
que soulève et soutient un espoir ou qu'une idée

agréable travaille, le sourire aux lèvres, accroché, oublié là, les yeux vagues...

Mais bientôt elle eut faim et chancela. Sa tête vide s'emplit d'un tintamarre discordant et ses jambes la portèrent tout à coup aussi mollement que si elle eût marché sur le pont d'un navire. Elle connaissait cette sensation depuis quelque temps.

Elle entra dans un café et but « un crème ». Elle le huma doucement, les bras appuyés au comptoir humide, et chaque gorgée sucrée la réconfortait un peu plus. L'air du café était mouillé et acide, saturé d'haleines humaines.

Bientôt Maud se trouva mieux et commanda un autre café. Les consommateurs se renouvelaient sans cesse. En la frôlant, ils la dévisageaient et l'évaluaient. Lorsqu'elle leva les yeux, elle se cogna littéralement à ces regards simplement curieux ou déjà enhardis. Une sorte d'énervement la saisit. Elle les fixa à son tour avec une impertinence qui voulait être du courage et qui n'était que ridicule.

« Des chiens, se dit-elle, ce sont des chiens; ils ne vont pas me laisser tranquille... »

Les hommes s'aperçurent de ce regard et haussèrent les épaules. Elle se calma aussitôt et se sentit toute gênée... Elle sortit.

C'est alors que la journée lui parut ramenée à sa juste valeur, étalée tout entière entre des heures vides. Si elle avait un acte à accomplir, il lui prendrait tout au plus quelques minutes. Mais qu'allait-elle devenir jusque-là? Et cependant il lui paraissait impossible d'envisager qu'elle pût agir différemment. Elle ne pensait à personne, à rien d'autre, qu'au gouffre angoissant de la journée dans laquelle elle s'enfonçait lentement et qui semblait se refermer sur elle comme une mer sur une épave encore vivante, trop lente à mourir, trop lente à atteindre le fond.

Pourtant elle avait l'expérience des journées creuses, de celles d'hiver, aux brèves heures de lumière, à celles passées dans la chambre d'Uderan à regarder sans le voir le paysage d'été gonflé de chaleur. Mais celle-ci ne ressemblait à aucune autre, elle était trop résistante, trop profonde, trop longue à parcourir.

Et au fur et à mesure que le temps passait, elle se retrouvait de plus en plus seule, toujours plus loin des rives familières de sa vie. La chose qu'elle avait à faire prenait peu à peu plus de relief, sans grandir, se précisait de plus en plus, et tout devenait vague, flou autour d'elle, disparaissait, et c'était avec elle que Maud se retrouvait seule...

Cette vision ne lui tenait pas compagnie. Gênante et tentante à la fois, elle n'était pas différente d'elle-même, Maud. Non tout à fait comme un miroir dans lequel elle n'aurait pu éviter de s'apercevoir, mais plutôt l'image même de sa solitude, un miroir où elle se penchait et où elle savait seulement qu'elle aurait dû se voir, qu'elle était là..., sans se voir.

Bientôt, cette image et elle ne furent plus que toutes deux dans l'immense tristesse du monde. Maud savait que le seul moyen d'en finir avec la journée et avec tout le reste, était d'accomplir la chose qui la regardait et s'offrait, sans cesse plus pressante. Mais elle n'osait encore rompre cette dernière amarre, par pure crainte...

Elle marchait vite et eut bientôt accompli un

assez long trajet sur la route où, le dimanche, sa mère l'emmenait quelquefois. Aujourd'hui le peuple des flâneurs manquait; Maud, en y repensant, ne se reconnut pas dans cette fille qui marchait, rêveuse et fatiguée, aux côtés de Mme Taneran.

Déjà Clamart était loin, quoique en se retournant elle pût découvrir l'énorme carcasse blanche dans laquelle ils habitaient. La brume noyait l'immeuble et on ne distinguait plus les étages les uns des autres.

« Lorsque j'aurai atteint le bois de Meudon, se dit-elle, je reviendrai vers Paris. Et en attendant, j'irai au quartier. »

Elle tuait le temps comme elle le pouvait, toujours fascinée par la chose à faire, ne se sentant pas assez résolue cependant pour la faire carrément sans vergogne. Patiemment, elle se laissait vaincre, elle attendait que se réalisât d'elle-même l'idée qui s'était emparée d'elle et dont elle subissait confusément la puissance suggestive.

A la limite de la forêt de Meudon, elle évita de pénétrer dans l'ombre des arbres et revint sur ses pas. L'heure du déjeuner était passée et les gens revenaient à leur travail.

Maud se retrouva soudain dans un jardin abandonné, mais qui lui parut public, parce que de nombreux enfants y jouaient. Elle s'assit un instant. Elle pensa à déjeuner; elle avait quelque argent dans son sac; mais au moment de se diriger vers un restaurant, elle revint vers le jardin, trouvant inutile de manger.

La fraîcheur tombait du feuillage des marronniers. Personne ne passait devant elle, et du banc où elle se trouvait assise, à l'angle du jardin, elle suivait les courses échevelées des enfants qui s'agitaient, éveillant des visions d'une légèreté étonnante.

Le monde était bien en place, divers, immense. Là-bas, chez elle, la vie devait continuer comme d'habitude. Ils mangeaient tard. En ce moment ses frères ronflaient et sa mère s'affairait amoureusement autour du repas à préparer. A midi, elle dirait simplement :

– Mettons-nous à table sans cette folle...

Si elle était un peu inquiète, son inquiétude ne serait sûrement que de surface. Cette sale affaire Tavarès n'était tout au plus qu'une question d'argent. Elle se verrait au pis-aller dans l'obligation de s'approprier la somme versée par les Pecresse. Si ceux-ci y trouvaient à redire, elle s'arrangerait à l'amiable, saurait les prendre. De toute façon, l'histoire serait remise à plus tard...

Tout cela ne valait plus la peine qu'on retardât d'une minute l'horaire sacré de la journée. Pour ce qui était du faux, elle avait confiance en son fils. Son fils ne pouvait rien faire de vraiment mal. Il pouvait tromper son monde, certes, passer pour odieux aux yeux de certains... Eh! elle en souriait, elle, la mère, qui savait que tout cela n'était qu'une mauvaise écume qui flottait sur l'eau pure, la nature exquise de son enfant.

« C'est un faux, c'est entendu, devait-elle se dire, mais il est mon fils. Il avait des raisons pour ne pas hésiter à faire ce qu'il a fait. »

Elle se sentait forte, calme, comme aux premiers jours de sa maternité. La vie tournait rond.

Maud réfléchissait doucement à l'ombre de la chose qui ne le quittait pas. Elle réfléchissait à la mère de son enfance, son enfance aux doux yeux gris. Et cette femme lui prodiguait encore de la douceur. Ah! la sale besogne qu'elle allait accomplir contre elle, la saleté de besogne!... Elle essayait de ne pas y penser.

« Lorsque Jacques sera parti, maman mourra de chagrin. »

Elle n'y pouvait rien. Sa mère à elle était morte la nuit dernière. Elle la voyait, ensevelie dans le souvenir de l'absent, seule avec le vieux Taneran. Peut-être à ce moment-là, attendrait-elle quelque douceur de sa fille. Elle serait magnifiée par le malheur, perdue dans une illusion dernière au sujet de son fils.

Vers trois heures, Maud alla au quartier comme elle se l'était promis, mais elle évita de traverser Clamart. Le détour qu'elle s'obligeait à faire serait long. Mais ses jambes l'auraient conduite plus avant encore, si elle avait pu seulement s'évader du cercle infernal que traçait autour d'elle son idée.

Peu à peu, tout en marchant très vite elle perdit les siens de vue, ainsi que les raisons qu'elle avait de les sacrifier à jamais. D'une seule traite, revenant sur ses pas, elle atteignit le commissariat de police de Clamart.

Elle se retrouva devant le secrétaire du commissariat, tout à coup, arrêtée et stupide, encombrée de son propre corps dont la marche n'allégeait plus le poids. Et soudain elle eut l'impression que *la chose* se substituait à elle.

— Vous vous êtes présenté plusieurs fois chez nous, au sujet de mon frère Jacques Grant, déclara-t-elle d'une voix ferme. C'est au sujet de la banque Tavarès. Eh bien! je viens vous dire qu'*il est revenu...*

Le secrétaire parut surpris. Il alla vers l'armoire, prit un petit dossier jaune. Maud aurait désiré repartir. Il lui dit d'un ton rogue :

– Attendez un peu, je vais voir...

Il se passa une minute, trois minutes, cinq minutes pendant que l'homme consultait le dossier. Maud resta debout près de lui, privée de pensée.

Il arriva alors quelque chose de pitoyable : au bout d'un instant, le personnage releva la tête et regarda la jeune fille sans rien dire, comme s'il eût douté de son état mental...

– Je ne vois pas ce que vous voulez dire, prononça-t-il enfin. Nous sommes allés chez vous, c'est entendu. La banque Tavarès à laquelle s'adressait votre frère était une association de bandits. Comme on a trouvé son nom on l'a recherché. D'autre part, on a soupçonné sa complicité. Mais en définitive c'est lui qui a été volé. Il aurait dû porter plainte. Je ne vois pas ce que vous venez faire ici...

Au soulagement qu'elle éprouva, Maud se rendit compte de la peur qu'elle venait d'éprouver. Lorsqu'elle sortit, ses jambes la portaient à peine.

Elle se dirigea péniblement vers une petite place et elle s'assit sur un banc. Elle connaissait bien cet endroit qui se trouvait non loin de chez elle : d'un côté, il y avait une pharmacie, de l'autre, un petit temple protestant entouré d'un jardin soigné, aux arbustes bien taillés; le temple était construit en planches; son porche était surmonté d'une frise de bois plaquée et ajourée sur laquelle s'étalait en lettres d'or une inscription latine. Un mur d'école communale constituait le troisième côté de la place. Aucun élève n'y pénétra ou n'en sortit. De même, la porte du temple resta close.

Il faisait très frais et les bancs étaient vides. De temps en temps, Maud prenait physiquement conscience du froid; elle s'immobilisait autant qu'elle le pouvait, car le moindre de ses gestes lui donnait des frissons dans le dos. D'ailleurs, sa course l'avait tellement fatiguée qu'elle ne ressentait pas le besoin de faire le moindre mouvement. A peine percevait-elle le rythme de sa respiration qui crevait régulièrement la touffeur de sa poitrine d'un souffle frais.

Elle n'avait plus rien à penser de ce qui venait de se terminer si brusquement. Elle avait atteint d'un coup le définitif, l'irrémédiable. Cela cesse d'être pensé, à moins de le faire exprès.

Peu à peu le soir vint. Elle se rappela l'avoir vu, par la fenêtre des Durieux, jour après jour, s'élever de l'horizon, quand lentement il empâtait la ligne amincie du Dior. Grises et mauves, parfois d'un rouge de fraise mûre, les teintes se mêlaient et s'entremêlaient pour glisser toutes ensuite dans une humide grisaille. On ne distinguait bientôt presque plus rien du paysage, à part le trait brillant de la rivière. C'est alors que s'élevait, gonflée de vapeurs, la puissante et radieuse marée nocturne. Les odeurs jaillissaient des labours, des buissons, des champs de trèfle, des jardins potagers. Il y avait des noyers non loin de la maison et les effluves en arrivaient jusqu'à Maud, vernissés, solidement amers. C'était le moment où elle craignait de se détacher trop violemment sur le fond lumineux de la fenêtre, et elle fermait à regret.

Ah! oui, elle se souvenait. Son malheur était grand sans doute. Elle le constatait sans tristesse et même avec une espèce de satisfaction. Il s'étendait autour d'elle, bien plus imposant que du temps où il avait été actuel. Une vaste région, sur laquelle elle avait régné.

L'important, elle l'avait fait. Que le sort de Jacques ne dépendît plus de sa volonté, elle n'y pouvait rien! Son esprit s'immobilisait sur cette certitude comme un serpent enroulé sur lui-même.

Par intermittence, des gens rentraient à la pharmacie dont la porte s'ouvrait dans un bruit de sonnerie. Bientôt la vitrine s'éclaira violemment.

Le temps passait, l'agréable, c'était de le laisser s'écouler sans rien en attendre.

Cependant, Maud éprouva bientôt un malaise qui s'aiguisa bientôt jusqu'à devenir douloureux... elle avait faim. Cette sensation devint vite très désagréable. Elle retrouva le souvenir de son enfant. C'était assez étrange mais rassurant, que ce fantôme lointain fût toujours près d'elle en dépit des pires vicissitudes.

Cette idée, tout de même, de dénoncer son frère! Saugrenue! Au fait, Jacques avait été roulé par Tavarès!... Elle essayait vainement de retenir sa haine, mais les raisons qu'elle s'était données lui glissaient de l'esprit comme du sable qui aurait filé entre ses doigts.

La police effrayait Jacques. « Quelle rigolade! » pensa-t-elle. Et sa mère qui s'en faisait tant! Pour un peu, elle en aurait ri. Quels pleutres, quelles

petites gens qui ne tenaient même pas leurs promesses de canailles : les siens!

Son tourment s'évanouit tout à fait. Il fit noir,
d'abord doucement, d'une clarté qui mourait, puis
violemment, d'un noir qui se répandait, s'étendait
sur eux. La nuit n'était pas une chose lointaine et
impalpable, mais une chose qui frôlait la peau;
présence d'une énorme bête pacifique qui voulait
lécher. Elle sentait l'ombre aussi au-dedans d'elle-
même, lui occuper la gorge, l'empêcher presque de
respirer.

Demain elle écrirait, ou bien ce serait sa mère
qui le ferait. Ensuite, elle attendrait la réponse de
Georges, ou même ce ne serait plus la peine. La
honte avait disparu de sa conscience. Il fallait
partir maintenant, les quitter.

A vrai dire, elle ne s'en allait pas avec plaisir,
mais plutôt avec un certain intérêt. Comment
Georges lui apparaîtrait-il, maintenant qu'elle
allait lui appartenir?

Maud se leva et décida de rentrer, raisonnable-
ment. La journée s'étendait maintenant derrière
elle, telle une montagne, qu'elle avait gravie et
redescendue. Elle marchait paisiblement dans
l'obscurité, sans qu'elle sentît en elle un autre
fardeau que celui de l'enfant qu'elle portait.

Trois jours après le départ de Maud, Georges reçut une lettre de Mme Taneran.

« Monsieur,

« Au dos de l'enveloppe vous avez vu mon nom. Et vous avez peut-être deviné déjà, avant que j'aille plus loin.

« Le peu de fois que je vous ai vu, a suffi à me suggérer une juste idée de vous. Je m'adresse aujourd'hui à l'ami que vous auriez pu être et que vous n'avez pas été par suite de circonstances aussi fâcheuses qu'imprévues. Croyez-le, monsieur, ma propre sympathie n'était pas moins vive que celle qu'éprouvait mon fils aîné à votre égard. Dès le début de vos relations, Jacques a, en effet, désiré les voir durer et dépasser le cadre étroit et occasionnel des vacances. C'est pourquoi il a eu recours, au sujet de sa sœur, à une petite affabulation concernant Jean Pecresse. Il espère que vous ne lui en tiendrez pas rigueur.

« Une perspicacité peu commune, le souci constant des intérêts de sa famille qui n'a jamais cessé de tenir Jacques en haleine, l'ont poussé à éloigner

242

sa sœur de vous, à éviter à cette enfant le voisinage d'un homme qui devait exercer sur elle une extraordinaire séduction. Il n'a pu, hélas! que retarder l'échéance du malheur le plus grand qui m'ait frappée. Si je l'avais écouté dès le début, j'aurais peut-être évité cette catastrophe, mais vous le savez, une mère est toujours aveugle, surtout lorsqu'elle n'est pas soutenue par la ferme attitude d'un père. Bien que sa vie tout entière ne soit qu'amour pour ses enfants, elle se trompe...

« Ai-je besoin de m'étendre sur un tel sujet? Vous connaissez assez ma fille pour faire la part en elle d'une ténacité d'autant plus dangereuse qu'elle se déclare rarement : vous avez été l'objet heureux de son choix.

« La solitude, l'atmosphère particulières dans lesquelles elle a vécu sont les causes de son caractère renfermé et violent (où peuvent couver les pires tentations puisque rien ne l'en distrait). Cela, bien que mon fils et moi-même n'ayons jamais cessé par notre sévérité de redresser cette nature qui, jusqu'à ce qu'elle vous eût rencontré, somnolait dangereusement repliée sur elle-même, retranchée dans une réserve et une timidité qui auraient dû nous effrayer davantage.

« Rien, dans une famille qui ne compte aucun précédent aussi honteux, ne saurait expliquer autrement une telle catastrophe.

« J'espère, monsieur, que par la douceur d'un bonheur où sa nature s'épanouira enfin au grand jour, vous serez récompensé de votre bonté.

« Maud arrivera à Semoic, vendredi soir, par le train de 9 h 40. Elle aura quelques valises; peut-être vous faudra-t-il envoyer quelqu'un à la gare.

Je n'insiste pas sur les raisons de ce triste retour...

« Je sais que ma fille a le cœur serré à l'idée de me quitter, bien que rien de sa tristesse ne transparaisse. Elle va beaucoup souffrir de notre séparation. C'est une pauvre enfant qui ne manque pas d'intelligence et admet très bien la rigueur de son châtiment.

« Je ne puis revenir à Uderan pour l'accompagner. Je vous conseillerais de ne pas y rester trop longtemps et de ne pas y célébrer votre mariage. J'y reviendrai un jour, régler une situation que l'on a trop dramatisée, lorsque le temps aura fait son œuvre.

« Je crains que vous vous mépreniez sur mes sentiments. A vos yeux je ne réponds pas, sans doute, comme je le devrais, à l'amour d'une enfant qui m'adore. Détrompez-vous : je l'aime au contraire d'une tendresse si forte et si poignante que je n'ose aborder ce sujet. Il existe des amours sans issue, même entre une mère et son enfant, des amours que l'on devrait vivre exclusivement. Or je suis la mère de trois orphelins.

« Il ne me reste plus qu'à vous souhaiter d'être heureux. Il existe des accordailles tardives, et merveilleuses, croyez-moi.

« Recevez, mon enfant, ma petite enfant, avec laquelle s'en va de ma maison, la brusquerie, la douceur, l'odeur de l'enfance. Réchauffez-la par l'automne qui vient où la nature elle-même est si triste. Je me dois à une tâche aussi ardue qu'inepte, puisqu'elle s'arrêtera avec moi.

« Merci. Je vous reverrai bientôt tous les deux,

lors d'un événement prochain, qui dissipera toutes nos rancunes, par les promesses qu'il apportera.

« Marie GRANT-TANERAN. »

Après avoir reçu cette lettre, Georges Durieux s'en fut à l'Oustaou. Il faisait un froid brouillard, ce matin-là. Il en descendit lentement vers midi et y remonta aussi lentement après le déjeuner. Une à une, il combla les heures de l'attente, avec un soin minutieux.

Il se trouva sur le quai de la gare bien avant le train. Maud parut déjà chaudement habillée, comme à Paris, les traits un peu défaits, le regard agrandi et anxieux. Elle attendit que Georges vînt à elle, les yeux fixés sur les siens.

Sa main gantée était dans celle de Georges, aussi inerte. Mais tout à coup, son regard s'abandonna et sa main retrouva sa vigueur et son expression.

– Vous avez une voiture? C'est pour la valise...

Une valise toute neuve de pensionnaire : la dernière largesse de sa mère. On avait voulu faire décemment les choses...

Ils partirent. Au loin, au bord de la route, Uderan hérissait ses cimes, au clair de lune.

– Tu sais qu'ils s'étaient engagés pour tout de bon? dit Maud en faisant un effort pour le tutoyer. Maman a même touché les cinquante mille francs. Tu le savais? Quelle rigolade, tout de même!...

Sa gaieté grinçait dans le vent froid. Elle se blottit contre lui. La voiture était découverte et le vent hurlait, au-dessus de leurs têtes.

– Tu verras, à Bordeaux, certains jours, le vent qu'il fait! dit Georges.

— A Bordeaux? demanda Maud doucement.

— Oui. Et quant aux cinquante mille francs, ne t'en fais pas, ils sont réglés.

Un silence, le temps qu'elle s'habitue.

— Ils vont être bien contents à Paris. Tu as fait ça pour leur faire plaisir?

— Oui, répondit Georges, pourquoi ne pas leur faire plaisir?

OUVRAGES DE MARGUERITE DURAS

LES IMPUDENTS (1943, *roman*, Plon — 1992 Gallimard, Folio n° 2325).

LA VIE TRANQUILLE (1944, *roman*, Gallimard, Folio n° 1341).

UN BARRAGE CONTRE LE PACIFIQUE (1950, *roman*, Gallimard, Folio n° 882).

LE MARIN DE GIBRALTAR (1950, *roman*, Gallimard, Folio n° 943).

LES PETITS CHEVAUX DE TARQUINIA (1953, *roman*, Gallimard, Folio n° 187).

DES JOURNÉES ENTIÈRES DANS LES ARBRES *suivi de* LE BOA — MADAME DODIN — LES CHANTIERS (1954, *récits*, Gallimard, Folio n° 2993).

LE SQUARE (1955, *roman*, Gallimard, Folio n° 2136).

MODERATO CANTABILE (1958, *roman*, éditions de Minuit).

LES VIADUCS DE LA SEINE-ET-OISE (1959, *roman*, Gallimard).

DIX HEURE ET DEMIE DU SOIR EN ÉTÉ (1960, *roman*, Gallimard, Folio n° 1699).

HIROSHIMA MON AMOUR (1950, *scénario et dialogues*, Gallimard, Folio n° 9).

UNE AUSSI LONGUE ABSENCE (1961, *scénario et dialogues, en collaboration avec Gérard Jarlot*, Gallimard).

L'APRÈS-MIDI DE MONSIEUR ANDESMAS (1962, *récit*, Gallimard).

LE RAVISSEMENT DE LOL V. STEIN (1964, *roman*, Gallimard, Folio n° 810).

THÉÂTRE I : LES EAUX ET FORÊTS — LE SQUARE — LA MUSICA (1965, Gallimard).

LE VICE-CONSUL (1965, *roman*, Gallimard, L'Imaginaire n° 168).

LA MUSICA (1966, *film coréalisé par* Paul Seban, distr. Artistes associés).

L'AMANTE ANGLAISE (1967, *roman*, Gallimard, L'Imaginaire n° 168).

L'AMANTE ANGLAISE (1968, *théâtre*, Cahiers du théâtre national populaire).

THÉÂTRE II : SUZANNA ANDLER — DES JOURNÉES ENTIÈRES DANS LES ARBRES — YES, PEUT-ÊTRE — LE SHAGA — UN HOMME EST VENU ME VOIR (1968, Gallimard).

DÉTRUIRE, DIT-ELLE (1969, éditions de Minuit).

DÉTRUIRE, DIT-ELLE (1969, *film*, distr. Benoît-Jacob).

ABAHN SABANA DAVID (1970, Gallimard, L'Imaginaire n° 418).

L'AMOUR (1971, *roman*, Gallimard, Folio n° 2418).

JAUNE LE SOLEIL (1971, *film*, distr. Benoît-Jacob).

NATHALIE GRANGER (1972, *film*, distr. Films Moullet et Compagnie).

NATHALIE GRANGER suivi de LA FEMME DU GANGE (1973, Gallimard).

INDIA SONG (1973, *texte, théâtre, film,* Gallimard, L'Imaginaire n° 263).

LA FEMME DU GANGE (1973, *film*, distr. Benoît-Jacob).

LES PARLEUSES (1974, *entretiens avec* Xavière Gauthier, éditions de Minuit).

INDIA SONG (1975, *film*, distr. Films Sunshine Productions).

BAXTER, VERA BAXTER (1976, *film*, distr. Sunshine Productions).

SON NOM DE VENISE DANS CALCUTTA DÉSERT (1976, *film*, distr. D.D. productions).

DES JOURNÉES ENTIÈRES DANS LES ARBRES (1976, *film*, distr. Benoît-Jacob, Folio n° 2993).

LE CAMION (1977, *film*, distr. D.D. Prod).

LE CAMION suivi de ENTRETIEN AVEC MICHELLE PORTE (1977, *en collaboration avec* Michelle Porte, éditions de Minuit).

L'ÉDEN CINÉMA (1977, *théâtre*, Mercure de France, Folio n° 2051, 1999, Gallimard Théâtre IV).

LE NAVIRE NIGHT suivi de CÉSARÉE, LES MAINS NÉGATIVES, AURÉLIA STEINER, AURÉLIA STEINER, AURÉLIA STEINER (1979, Mercure de France, Folio n° 2009).

LE NAVIRE NIGHT (1979, *film*, distr. Films du Losange).

CÉSARÉE (1979, *film*, distr. Benoît Jacob).

LES MAINS NÉGATIVES (1979, *film*, distr. Benoît Jacob).

AURÉLIA STEINER dit AURÉLIA MELBOURNE (1979, *film*, distr. Benoît Jacob).

AURÉLIA STEINER dit AURÉLIA VANCOUVER (1979, *film*, distr. Benoît Jacob).

VERA BAXTER OU LES PLAGES DE L'ATLANTIQUE (1980, éditions Albatros. Jean Mascolo et éditions Gallimard, 1999, Théâtre IV).

L'ÉTÉ 80 (1980, *récit*, éditions de Minuit).

L'HOMME ASSIS DANS LE COULOIR (1980, *récit*, éditions de Minuit).

LES YEUX VERTS (1980, Cahiers du Cinéma).

AGATHA (1981, éditions de Minuit).

AGATHA ET LES LECTURES ILLIMITÉES (1981, *film*, distr. Benoît Jacob).

OUTSIDE (1981, Albin Michel, rééd. P.O.L 1984, Folio n° 2755).

LA JEUNE FILLE ET L'ENFANT (1981, *cassette*, Des Femmes éd. Adaptation de L'ÉTÉ 80 par Yann Andréa, lue par Marguerite Duras).

DIALOGUE DE ROME (1982, *film*, prod. Coop. Longa Gittata, Rome).

L'HOMME ATLANTIQUE (1981, *film*, distr. Benoît Jacob).

L'HOMME ATLANTIQUE (1982, *récit*, éditions de Minuit).

SAVANNAH BAY (1re éd., 2e éd. augmentée, 1983, éditions de Minuit).

LA MALADIE DE LA MORT (1982, *récit*, éditions de Minuit).

THÉÂTRE III : *LA BÊTE DANS LA JUNGLE*, d'après Henry James, adaptation de James Lord et Marguerite Duras — *LES PAPIERS D'ASPERN*, d'après Henry James, adaptation de Marguerite Duras et Robert Antelme — *LA DANSE DE MORT*, d'après August Strindberg, adaptation de Marguerite Duras (1984, Gallimard).

L'AMANT (1984, Éditions de Minuit).

LA DOULEUR (1985, P.O.L, Folio n° 2469).

LA MUSICA DEUXIÈME (1985, Gallimard).

LA MOUETTE DE TCHEKHOV (1985, Gallimard, 1999, Gallimard, Théâtre IV).

LES ENFANTS, avec Jean Mascolo et Jean-Marc Turine (1985, *film*, distr. Benoît Jacob).

LES YEUX BLEUS, LES CHEVEUX NOIRS (1986, *roman*, éditions de Minuit).

LA PUTE DE LA CÔTE NORMANDE (1986, éditions de Minuit).

LA VIE MATÉRIELLE (1987, P.O.L, 1994, Gallimard, Folio n° 2623).

EMILY L. (1987, *roman*, éditions de Minuit).

LA PLUIE D'ÉTÉ (1990, P.O.L, 1994, Gallimard, Folio n° 2568).

L'AMANT DE LA CHINE DU NORD (1991, Gallimard, Folio n° 2509).

LE THÉÂTRE DE L'AMANTE ANGLAISE (1991, Gallimard; 1999, Gallimard, Théâtre IV; L'Imaginaire n° 265).

YANN ANDRÉA STEINER (1992, P.O.L).

ÉCRIRE (1993, Gallimard, Folio n° 2754).

LE MONDE EXTÉRIEUR (1993, P.O.L).

C'EST TOUT (1995, P.O.L).

LA MER ÉCRITE, photographies de Hélène Bamberger (1996, Marval).

THÉÂTRE IV : VERA BAXTER — L'EDEN CINÉMA — LE THÉÂTRE DE L'AMANTE ANGLAISE — Adaptations de HOME — LA MOUETTE (1999, Gallimard).

Œuvres réunies

ROMANS, CINÉMA, THÉÂTRE, UN PARCOURS 1943-
1994 (1997, Gallimard, Quarto).

Adaptations

LA BÊTE DANS LA JUNGLE, d'après une nouvelle de Henry
James. Adaptation de James Lord et de Marguerite Duras (1984, Gallimard, Théâtre III).

LA DANSE DE MORT, d'August Strindberg. Adaptation de Marguerite Duras (1984, Gallimard, Théâtre III).

MIRACLE EN ALABAMA, de William Gibson. Adaptation de
Marguerite Duras et Gérard Jarlot (1963, L'Avant-Scène).

LES PAPIERS D'ASPERN de Michael Redgrave d'après une nouvelle de Henry James. Adaptation de Marguerite Duras et Robert
Antelme (1970, Éd. Paris-Théâtre, 1984, Gallimard, Théâtre III).

HOME de David Storey. *Adaptation de Marguerite Duras (1999, Gallimard, Théâtre IV).*

LA MOUETTE d'Anton Tchekhov (1985, Gallimard; 1999,
Gallimard, Théâtre IV).

OUVRAGES SUR MARGUERITE DURAS PARUS
AUX ÉDITIONS GALLIMARD

Laure Adler, MARGUERITE DURAS (Gallimard, 1998).

M.-P. Fernandes, TRAVAILLER AVEC DURAS (Gallimard, 1986).

M.-Th. Ligot, UN BARRAGE CONTRE LE PACIFIQUE
(Foliothèque n° 18).

M. Borgomano, LE RAVISSEMENT DE LOL V. STEIN (Foliothèque n° 60).

J. Kristeva, *«La maladie de la douleur : Duras» in* SOLEIL NOIR :
DÉPRESSION ET MÉLANCOLIE (Folio Essais n° 123).

Impression Maury
45330 Malesherbes
le 2 avril 2007.
Dépôt légal : avril 2007.
1er dépôt légal dans la collection : février 1992.
Numéro d'imprimeur : 127948.
ISBN 978-2-07-038490-7. / Imprimé en France.